마이 러브
프루스트

마이 러브 프루스트

황주리 연작소설

1판 1쇄 발행 | 2024. 5. 15

발행처 | **Human & Books**
발행인 | 하응백
출판등록 | 2002년 6월 5일 제2002-113호
서울특별시 종로구 삼일대로 457 1409호(경운동, 수운회관)
전화 | 02-6327-3535~7, 팩스 | 02-6327-5353
이메일 | hbooks@empas.com

ISBN 978-89-6078-777-3 03810

마이 러브
프루스트

황주리 연작소설

Human & Books

프루스트 사랑하기

화가인 내가 소설을 쓰는 이유는 내가 경험하지 않은 것들, 도시에서 태어난 내가 섬 소년이 되어 눈물 날 것 같은 석양의 바다를 상상하는 게 행복해서다. 여기서 행복하다는 건 그러니까 고독과 그 슬픔까지 껴안고 가는 감정이다.

프루스트의 소설 『잃어버린 시간을 찾아서』는 사실 그 제목만으로 구십 프로 먹고 들어간다.

그 누군들 잃어버린 시간을 빼고 자신의 삶을 설명할 수 있으랴. 하지만 이 길고 지루한 독서 여행을 끝마친 사람은 많지 않을 것이다. 그럼에도 꾸준히 이 책을 사랑하는 사람들의 프루스트 사랑하기는 끝까지 오르지 못할 산 정상에 올라가는 사람의 기분과도 비슷할지 모른다.

그러니까 프루스트를 사랑하는 시간은 영원한 짝사랑의 시간이다.

누가 그랬을까? 죽음을 자주 떠올릴수록 남은 인생은 더욱 빛난다고.

끝까지 읽지도 않을 거면서 그냥 사서 꽂아둔 뒤 비라만 봐도 뿌듯한 책, 나 역시 오랜 세월 무슨 계시라도 받은 듯 무작정 그 제목이 좋았다. 사실 내가 그려온 그림 세계가 바로 『잃어버린 시간을 찾아서』에 다름 아니다. 몇 번이나 읽다가 말고 또 읽다가 말고 여러 번 되풀이하던 내게 90년대 초, 뉴욕에 사는 누군가 모르는 사람이 한주가 멀다시피 선물을 보내준 적이 있다. 평생 받을 선물을 그때 한꺼번에 다 받았던 것 같다. 지금 생각하니 요즘 같지 않아서 보내는 사람도 받는 사람도 사심이 없었다. 초콜릿, CD 전집, 해바라기씨, 워크맨 등등 보내준 선물들 속에 영문판 『잃어버린 시간을 찾아서』가 있었다.

책 속에 끼워 넣은 짧은 엽서에 내 글과 그림을 좋아하는 사람이라고 씌어있었다.

시간이 많이 흐른 뒤 어느 날, 책 정리를 하다가 그 책을 발견한 나는 그 책과 인연이 있거나 그냥 무심코 사서 꽂아두거나 선물 받거나 주거나 제목에 꽂혀 그냥 사놓고 끝까지 읽지 못한 사람들의 이야기를 써 내려갔다. 프루스트라는 이름으로 연결되는 나이면서 너 이기도 한 등장인물들은 모두 잃어버린 시간을 찾아 떠난 사람들이다. 여기서 프루스트라는 이름은 작가 '마르셀 프루스트'의 이름을 빌린, 개인의 내밀한 시간에 관한 상징이다.

소설의 서두에 농구경기장에 가는 게 일상이며 취미인, 지적 장애를 앓는 마흔 살 소녀는 우리 아파트에 살던 나와 가깝게 지낸 실제 인물이다. 지하철역에서 내가 몇 번을 탈까 헤매고 있을 때 농구장에 가는 길이던 그녀가 길을 가르쳐주며 말했다.

"그림 그리는 거 말고는 할 줄 아는 게 하나도 없네."

우연히 마주치면 늘 경기장에 같이 가자 했다는 그녀는 10년 전 세상 떠난 내 동생을 무척 따랐다. "오빠 공 하나 드릴까요?" 해서 받았다며 동생이 공을 들고 들어온 적도 있다. 오빠가 안 보인다며 섭섭해하던 그녀도 지병으로 몇 년 전 세상을 떠났다. 어쩌면 내가 만나본 가장 때 묻지 않은 영혼이었을 거다.

이 책의 등장인물은 대개 실존 인물에서 영감을 얻어 과장되거나 변형된 상상의 인물들이다.

우연히 스친 사람들이거나 가까웠던 사람들, 그들의 인생에 살을 붙여 제3의 인물이 탄생 되기도 한다. 모든 필자가 그렇듯, 그들 사이에 내 자신의 감성을 카메오처럼 살짝살짝 숨겨 놓기도 했을 것이다.

이 책은 시작도 끝도 없는 시간에 대한 뜬금없는 명상, 어느 페이지를 펼쳐 읽어도 좋은, 우리들의 잃어버린 시간을 찾아 떠난 여행기이다.

기억 속에 남아있는 『잃어버린 시간을 찾아서』 속의 한 줄이 떠오른다.

－지나가는 바람에 나는 입 맞추었다.－

2024년 5월, 황주리

차례

프롤로그

HWANG. Julie 2000

나는 농구를 보러 가는 게 취미이다. 왜 사느냐고 묻는다면 농구를 보러 가기 위해서라고 대답할 거다. 늘 혼자 다니지만 가끔은 누군가와 같이 가고 싶다. 돌아가신 아버지는 살아생전에 내 손을 잡고 말씀하셨다.

"너는 다른 사람들과 많이 다른 아이니까 친구 사귀는 게 어려울지 모른다. 언제나 사람을 조심하고 특히 남자를 조심해야 한다."

나는 사실 내가 왜 다른 사람들과 다른지 잘 모른다. 나는 말도 잘하고 슈퍼에 가서 계산도 잘하고, 어느 날은 집에 들어온 도둑도 잡았다. 우리 아파트는 한 동 밖에 없어서 어느 집에서 무슨 일이 일어났는지 나처럼 빠삭하게 아는 사람도 없다. 고급 공무원이었던 우리 아버지와 엄마와 나, 세 식구는 삼십 년째 이 집에 살고 있다. 우리 집은 군사 정부 시절에 아주 튼튼하게 잘 지어진 아파트라 지진이 나도 절대 무너지지 않을 거라고 아버지는 말씀하셨다, 그래도 나는 늘 모르는 일이라고 생각한다. 지진이 나서 텔레비전에서 보는 것처럼 어느 날 갑자기 집이 무너질지도 모르는 일이다. 동물들이 지진이나 홍수가 나는 걸 사람들보다 먼저 알고 대피하듯이 나는 자연재해의

낌새를 맡는 특이한 능력을 타고났다.

어릴 적부터 내가 비가 올 거라 하면 영락없이 비가 왔고, 눈이 올 거라 하면 하얀 눈이 소복이 쌓였다. 우리 아파트 사람들이 현관 앞에서 내가 우산을 들고 있는 걸 보면 다시 집으로 올라가서 우산을 갖고 내려오기 일쑤다. 내 얼굴을 보면 "오늘 비가 올까?" 하고 묻는 사람도 있다. 사람들은 이 아파트에 부자들만 살고 있다고 생각하지만, 실상은 그렇지도 않다는 걸 8층 언니가 알려주었다. 돈을 금고에 가득 쌓아두고 있는 사람도 있지만, 빚이 많아 관리비도 못 내 난방도 들어오지 않는 방에서 전기난로를 틀어놓고 사는 사람도 있다고. 알고 보니 그게 바로 8층 언니네 가족이었다. 나는 좋은 사람 나쁜 사람을 한눈에 알아보는 능력도 지니고 있다고 생각해 왔다. 하지만 그것처럼 어려운 일은 없다는 걸 알게 된 건, 오래도록 친하게 지낸 그 8층 언니가 적지 않은 돈을 내게 꾸어서는 이사를 간 뒤 소식을 딱 끊은 이후부터다. 돈 잃고 친구도 잃는다는 소리가 뭔지 그때 처음 알았다. 그녀와 친해진 건 나와 농구장을 같이 갔던 유일한 사람이기 때문이다. 돌아가신 아버지는 말씀하셨다.

"너한테 친절하게 구는 사람을 조심해라. 뭘 주면 받지 마라.

어디 가자면 따라 가지 마라." 아버지 말씀을 이해하게 된 것도 그 언니 때문이었다. 아무도 거들떠보지 않는 외로운 나에게, 그녀는 선뜻 농구장을 같이 가주었고 라면도 사주고 색깔이 예쁜 마카롱도 사주었다. 내가 농구공을 처음 준 사람도 그녀다. 그녀는 환하게 웃으며 말했다.

"네가 나를 좋아하는구나. 나도 네가 참 좋아."

그녀 이후 내가 농구를 보러 누군가와 같이 가고 싶다는 생각을 한 건 이번이 처음이다. 내가 요즘 같이 농구를 보러 가고 싶은 사람은 우리 아파트 13층에 사는 프루스트 씨다. 왜 그런지는 모르겠으나 그의 얼굴을 아는 우리 아파트 사람들은 다들 프루스트 씨라고 부른다. 나는 혹시 엘리베이터 안에서 그를 만날까 늘 가슴이 두근거린다. 나는 남자에 대한 호칭이 왜 아버지와 아저씨와 오빠밖에는 없는지 아쉬울 때가 있다. 아니 선생님도 있고 사장님 회장님도 있긴 하다. 나는 그냥 그를 줄여서 P씨라고 부르기로 한다. P씨는 보통 사람과 달라 보인다. 그냥 바람 같기도 하고 공기 같기도 하고 꽃씨 같기도 하고 구름 같기도 하다. 그래서 보통 9층이나 12층 아저씨 아줌마로

부르기엔 뭔가 어울리지 않는다.

이 아파트에서 그가 프루스트 씨로 불리는 이유는, 누군가 신기한 듯 잔뜩 호기심 어린 얼굴로 이름과 직업을 물을 때마다 프루스트라고 답하기 때문이다. 프루스트가 뭐 하는 사람이냐고 물으면 그는 이렇게 답한다. 밖에도 안 나가고 그냥 하루 종일 시계만 들여다보며 노는 사람이라고. 나중에 알게 된 건데 프루스트는 시간을 연구해서 길고 긴 끝나지 않는 책을 쓴 유명한 작가라고 했다.

사실 나는 시간이 뭔지도 잘 모른다. 시간보다는 농구가 좋고 가끔은 농구가 시간 같기도 하다. 농구를 보러 가면 농구장에서 농구공을 하나씩 나눠주기도 한다. 나는 사랑하는 사람이 생기면 주려고 농구공을 하나씩 둘씩 내 방안에 모아둔다. 엄마가 들어와 공을 버리려고 하면 나는 필사적으로 공을 지킨다. 두 번째로 농구공을 주고 싶은 사람이 생겼다. 바로 P씨다. 그는 집에서 잘 나오지 않기 때문에 농구공을 줄 기회가 많지 않다. 그래도 나는 그에게 농구공을 주려고 매일 기다린다.

어느 날 나는 우리 집인 10층에서 13층까지 올라갔다 내려갔다 하다가 드디어 그를 만나 불쑥 농구공을 내밀었다. 그는 마치 내 맘을 안다는 듯이 환하게 웃으며 농구공을 받아 들고는 "고맙습니다." 했다. 그는 내가 준 농구공을 마치 다이아몬드라도 되듯 소중하게 들고는 집 안으로 들어갔다. 그 뒤로 나는 농구공을 두 개 더 주었다. 아마 크리스마스였거나 내 생일날이었던 것 같다. 줄 때마다 늘 처음 받는 것처럼 깜짝 놀란 듯 받으며 "이게 뭐예요? 정말 감사합니다." 하는 것이다. 어느 비 오는 날 엘리베이터에서 마주친 그는 나를 향해 동전이 가득 찬 돼지 저금통을 내밀었다.

"은행에 가서 지폐로 바꾸려 했는데, 나는 필요가 없어서요."

놀라서 망설이는 내 손에 그는 묵직한 돼지 저금통을 쥐어주었다. 너무 뜻밖이라 고맙다고 말하는 것도 까먹고는 그를 멍하니 쳐다보는 새 엘리베이터는 1층에 도달했고, 그는 내 앞에서 총총 사라졌다. 나는 지하 차고에다 농구공을 감춰두기도 한다. 집안에 너무 많이 쌓여 엄마가 내다 버릴까봐 걱정이 되어서다.

어느 날 저녁 평소에 농구공을 숨겨두는 지하 차도 구석으로 가려는데 어디선가 낯선 웅얼거림이 들렸다. 텔레비전에서 본 것 같은 멧돼지 한 마리가 나를 멀뚱히 쳐다보며 인사라도 하는 듯 뭔가 말을 했고, 나는 내 귀를 의심하며 멧돼지의 말을 들었다.

그가 말하길 프루스트 씨를 만나러 왔다 해서 누구냐고 물으니 시간이라 답했다. 시간과 대화를 나누는 중, 경비 아저씨가 경찰 아저씨들을 불러 도망가는 멧돼지를 사살해 버렸다, 눈 깜짝할 새 일어난 일이었다. 내가 막 울면서 따지니까 경비 아저씨는 주민의 안전을 위해서라며, 자기 아니면 내가 죽을뻔했는데 살려준 건지나 알라고 했다. 내가 그 멧돼지는 아무도 해하지 않으며 단지 프루스트 아저씨를 만나러 왔다고 하니, 기막히다는 듯 웃으며 가서 잠이나 자라 했다. 나는 한숨도 자지 못했다. 시간이 찾아왔었다고 P씨에게 전해야 할 것 같아 그 집 앞을 서성거렸지만, 그는 한동안 집 밖에 나오지 않았다.

그 집 도우미 아줌마 말에 의하면 그는 오후에는 대개 잠을 자기 때문에 깨우면 안 된다고 했던 생각이 나서 문을 두드리지도 못했다. 엄마랑 밥을 먹으며 텔레비전을 보다가, 내가 만난 멧돼지와 똑같이 생긴 멧돼지들이 먹을 게 없어 시내로 내려와 아파트 지하 차고에서 발견되어 총에 맞아 죽었다는 뉴스가 나왔다. 나는 시간이라는 이름의 멧돼지가 배가 고파서가 아니라 그를 만나기 위해서 왔다가 사살당했다는 걸 P씨에게 꼭 전하고 싶었다. 텔레비전을 볼 때마다 내 눈에는 돼지들만 보였다. 아프리카 열병인지 뭔지에 걸린 이유로 생매장당하는 셀 수도 없는 돼지들, 어제는 라디오에서 길을 건너려다 줄줄이 차에 치어 죽은 새끼 돼지들의 소식도 들었다. 그렇게 시간 들이 죽어가고 있다고 나는 그에게 알려주고 싶었다, 알고 보니 불쌍한 멧돼지는 사실 시간이었고 진짜 멧돼지는 우리 아파트 경비아저씨였다.

나는 오래전부터 이빨이 하나도 없다. 치과에 가니 잇몸이 나빠서 임플란트도 할 수 없다고 했다. 그래서 나는 어머니가 해주는 아주 부드러운 음식만 먹고 산다. 돼지고기도 쇠고기도 닭고기도 먹지 않는다. 어느 날 늦게 농구를 보고는 공 하나를 받아서 콧노래를 부르며 아파트 현관을 들어서는데, 멧돼지를 죽이는 데 공을 세운 그 새로 온 지 얼마 안 된 경비아저씨가 나를 보고 말했다. "아가야 오늘 늦었네. 아저씨 무릎에 앉아 놀다 안 갈래?" 하는 거였다. 내가 이빨이 없다고 우습게 보는 거라는 생각이 들어서 "뭐라고요? 아저씨?" 하는 순간 그가 바지를 내리고 자신의 징그러운 물건을 만져보라고 하는 게 아닌가? 나는 "너 오늘 죽어봐라." 하면서 그 물건에다 농구공을 세게 던지고는 엘리베이터를 타고 도망쳤다. 머릿속에는 시간이라는 이름의 멧돼지와 P씨의 얼굴만 맴돌았다.

다음 날 내 말을 듣고 격분한 엄마가 경비 아저씨를 혼내주려고 갔는데, 그 뻔뻔한 경비가 자기 조카 중에도 정신지체 장애아가 있어서 남 같지 않아 놀다 가라 했을 뿐 나머지는 내가 다 거짓말을 하는 거라 했다며, 엄마조차 내 말을 믿지 않았다. 이 억울한 마음을 어디다 풀어야 할지 몰라 프루스트 씨가 사는 13층에 올라가서 용기를 내어 문을 두드렸다. 도우미 아줌마가 나와서는 주인아저씨는 외국에 여행을 가서 오래도록 집에 없다고 했다. 그는 내가 모르는 사이 낯선 나라로 여행을 간 것이었다. 나는 외국에 가 본 적이 한 번도 없다, 외국은커녕 부산도 대구도 가 본 적이 없다. 나의 여행은 늘 농구장 가는 길이다. 문득 나는 산책을 하거나 잠을 자거나 방 안에서 나오지 않거나 낯선 외국인지 아니면 낯선 혹성에 가 있는 그가 어쩌면 시간일지도 모른다는 생각이 들었다.

카페 프루스트

1.

그녀가 죽었다. 사람 하나 없는 빈소에서 쓰러질 것처럼 가냘픈 그녀의 딸이 혼자서 상주 노릇을 하고 있었다. 맑게 웃고 있는 영정 사진 앞에서 내가 그녀를 처음 만났을 때부터 서른, 마흔, 쉰… 그녀의 모습들이 파노라마처럼 지나갔다. 그녀는 볼 때마다 내게 잊을 수 없는 기억을 남겼다. 아주 오래전 오랜만에 우연히 만난 그녀 곁에 다부진 표정으로 서 있던 어린아이가 떠올랐다. 험한 세상으로부터 엄마를 지키려는 듯 그녀의 손을 꼭 잡고 다부진 눈길로 낯선 나를 바라보던 그녀의 딸이 상주가 되어 서 있었다. 그때가 일곱 살, 지금 스물일곱이 된 그 애가 내 앞에 서 있었다. 참 신기하고 슬프고 반가웠다.

오래전 그때 내가 물었다. "누구야?" "내 딸이야." 내가 또 물었다. "소식도 없이 결혼했어?" "응, 더 늙으면 못 낳을까봐 그냥 낳았어." 그래서 내가 또 물었다. "아빠가 누구야?" 그녀는 희미한 미소를 띠고 내게 되물었다. "그게 그렇게 중요해?"

우연히 다시 만난 그때부터 그녀와 나는 소식을 주고받으며 지냈다. 언젠가부터 사람들과 SNS를 주고받으며 나는 외롭다는 생각이 많이 없어졌다. 낯설면서 낯설지 않은 누군가들이 다양한 정보와 소식들을 전하는 걸 보며 혼밥을 먹는 일도 그리 나쁘지 않았다. 일찌감치 부모님을 여의고 삼촌 집에 기거하며 화가의 꿈을 키우던 나와 달리, 그녀는 홀어머니지만 고등학교 음악 교사인 어머니의 전폭적인 지지를 받으며 플루트 연주사로 성장했다. 그녀는 플루트를 아주 멋지게 연주했다. 나는 그녀가 플루트를 연주하는 풍경을 세상에서 가장 사랑했다.

내가 선배가 하는 미술학원에서 허드렛일을 해주고 무료로 그림을 그리며 재수인지 삼수인지를 할 무렵, 대학생인 그녀가 그림을 배우러 왔다. 정신의 엑기스만 남은 깡마른 몸매의 그녀는 첫눈에 확 들어오지는 않았다. 바쁜 대학 시절을 보내며 틈틈이 그림을 그리러 오는 그녀는 "나는 그림을 그리는 일이 세상에서 제일 좋아." 했었다. 플루트는 어머니 때문에 어쩌다 그냥 하게 된 거라고. 그래도 나는 그녀가 플루트를 연주하는 모습이 황홀해서 꿈속에도 나타나곤 했다. 나는 계속 미술대학 시험에 떨어졌고, 결국 대학 문 앞에도 못 가고 말았다. 그래도 나는 그림을 그리는 일을 결코 포기하지 않았다. 생각해보니 내 인생은 끝없는 재수였다.

아주 어릴 적부터 나는 화가가 될 운명이라는 생각을 했다. 선배가 하는 카페에서 매니저 일을 맡아 하며 모은 돈으로 전람회도 몇 번 열었다. 페이스북을 통해 알게 된 지인들이 전시를 보러와 축하해주었고, 여러 번 전시를 하다 보니 나름 팬들도 생겼다. 그림 그릴 시간도 많지 않지만 나는 붓을 놓은 적이 없었다. 밤이 되면 한 생이 끝난 기분이고 아침이면 한 생이 태어나는 기분이었다. 나는 매일 혼자 말을 한다. 나는 위대한 화가로 남을 것이다. 아무도 알아주지 않는 이 생에서 나는 나와의 싸움에서 장렬하게 승리할 것이다. 그리하여 후세의 사람들이 반 고흐나 모네처럼 존경하고 사랑하는 화가가 될 것이다. 이런 얘길 남에게 해본 적은 딱 한 번뿐이다. 다들 미친 게 틀림없다고 할 테니까. 하지만 그녀만은 진지하게 들어주었다.

그림은 말 못 하는 짐승 같다. 반려동물 같기도 하다. 말 없음으로 말을 전달하는 신기한 정물 같기도 하다. 요즘 젊은 작가들은 그림을 잘 안 그린다. 물감값이 너무 비싸서인지도 모른다. 어디를 가나 움직이는 영상 설치가 유행이다. 움직이는 데다 난해한 의미로 가득 찬 영상과 소리들 앞에서 말 못 하는 그림의 세계로 승부해야 한다 생각하니 외로워진다. 얼마 전 '에드 아스트라'라는 공상과학영화를 보았다. 영어로 '에드 아스트라'란 '갖은 고난을 거쳐 별까지'라는 뜻이라 한다. 영화 속 주인공이 갖은 고난을 거쳐 도달한 우주에는 금성에도 수성에도 목성에도 해왕성에도 그 어디에도 고독하고 광활한 사막만 존재할 뿐, 생물체도 식물도 그 아무것도 없었다. 아무리 우주탐사를 해도 황폐해진 지구를 떠나 이사를 갈 수 있는 별은 존재하지 않는다는 메시지를 영화는 전하고 있었다.

에드 아스트라, 그 말을 들으니 오래 산다는 것은 먼 별까지 걸어간다는 뜻이라고 말했던 반 고흐의 말이 생각난다. 에드 아스트라, 고난을 거쳐 먼 별까지, 그게 바로 예술의 길인 것이다. 오랜만에 물감을 사러 갔다가 너무 비싸서 제정신으로는 살 수 없는 가격이라는 생각이 새삼 들었다. 그가 얼마나 훌륭한 화가인가 하는 것과는 별개로 끝까지 화가임을 그만두지 않는 사람들은 모두 미쳤거나 바보거나 철학자임을 인정하지 않을 수 없다. 산다는 것은 거절당하는 일을 연습하는 것이다. 거

26

절당하는 일에 익숙해질 법한데도 오늘도 나는 거절당하지 않을까 불안해진다. "선생님 그림이 우리 화랑에는 어울리지 않습니다만." 등등. 하지만 "우리 미술관에서 선생님의 회고전을 기획하려 합니다만." 이런 일이 없으리라는 보장도 없는 것이다. 그것도 세계 유수의 휘트니 미술관이나 구겐하임 정도에서 말이다. 몇 번 그곳들에 가보았다. 누가 들으면 미쳤다고 할지 모르지만 내 작품들로 전시된 상상의 공간을 걸어가며 언뜻 현실로 돌아올 때마다, 걸려있는 작품들 중에서 내 작품보다 훌륭하고 독창성이 있는 작품은 보지 못했다는 생각이 든다. 그렇게 말하면 그녀가 "맞아. 그렇고말고." 하며 맞장구를 쳐줄 것만 같다. 나는 죽음을 두려워하지 않는다. 그래서 그녀가 죽었다는 사실도 그리 실감이 나지 않는다. 미국 영화 속의 '테드 곰' 인형처럼 나쁜 놈이 몸을 반으로 찢어 곰 인형 속의 솜들이 다 밖으로 삐져나와 죽었다 해도, 잘 꿰매면 언제 그랬냐는 듯이 되살아날 것만 같다.

그녀와 나는 친구였지만 몇 번쯤 데이트 비슷한 걸 하기도 했다. 나의 열등감과 과대망상으로 뭉뚱그려진 끝없는 말들을 그녀는 참 잘 들어주었다. 한참 떠들다 보면 그녀는 창밖을 하염없이 바라보고 있었다. 창밖으로 지나가는 행인들이 바로 앞에 앉은 나보다 그녀와 가까워 보였다. 그 시절 나는 그녀의 시선이 닿는 모든 것을 질투했던 것도 같다. 어느 초겨울 술 한잔을 마시고 용기를 낸 나는 그녀를 불현듯 껴안고 입술에 키스했다. 순식간의 일이었는데 그녀는 나를 밀어내지 않았다. 그날 밤 나는 그녀와 연인이 될 것을 의심치 않았다.

하지만 그날 이후 나는 그녀를 다시 만날 수 없었다. 편지해도 답이 없었고 학교 앞에서 하루 종일 기다려도 만날 수 없었다. 가슴앓이를 충분히 했다 싶은 어느 날, 나는 뉴욕의 줄리아드로 유학을 떠난 그녀로부터 편지와 책 한 권을 받았다. 그녀가 보낸 책은 영문판 프루스트의 『잃어버린 시간을 찾아서』였다. 번역서로 읽기에도 어려운 책을 영어로 읽으라는 그녀의 깊은 뜻이 궁금했다. 나는 그 제목이 너무 좋아서 책을 가슴에 꼬옥 안고 잠들기 일쑤였다. 비행기를 타고 날아온 두꺼운 데도 그리 무겁지 않은 책의 냄새가 내게 자장가를 불러주는 것 같았다. 편지 속에는 이렇게 씌어 있었다.

세기의 작가인 프루스트는 남들이 볼 때 빈둥거리며 노는 사람같이 보였지만, 자기 내면의 언어를 일생의 업으로 삼고 써 내려간 위대한 작가가 되었다고. 너도 꼭 그런 사람이 되기를 바란다고. 사전을 찾아가며 나는 몇 페이지 읽다 말고 또다시 몇 페이지 읽다가 말고, 그러기를 수백 번 되풀이했고 결국 끝까지 읽지 못했다. 그 책은 어디에 있을까? 그 뒤로 얼마나 많은 시간이 흘러갔을까?

내게 예술가가 되는 길은 독립운동을 하는 것과 비슷하다. 성공할 것인가? 그 질문에 회의적이라 해도 가던 길을 되돌아갈 수는 없다. 이게 옳은 길인지는 아무도 모른다. 어떤 친구들은 말한다. 독립이란 이 공기 나쁜 지구를 떠나 산소 가득한 살만한 낯선 우주에 도착하는 것처럼 불가능한 일이라고. 이럴때 소중한 친구는 지 딴에 알량한 거지 같은 바른말을 하는 재수 없는 인간보다는 "넌 할 수 있어. 독립의 길은 멀지만 너의 붓질 하나하나가 살 만한 우주로 가는 소중한 발걸음이지." 이렇게 먼 별처럼 용기를 주는 친구다. 그녀가 그랬다. 그래서 나는 늘 그녀를 잊지 못했다.

2.

영문판 프루스트의 『잃어버린 시간을 찾아서』를 느닷없이 보낸 이후 그녀와 다시 연락이 끊겼다. 주소가 없이 보낸 터라 나는 답장조차 할 수 없었다. 어느 날 삼촌과 숙모가 난생처음으로 유럽 크루즈 여행을 갔다가 선박 충돌사고로 갑자기 돌아가시는 바람에, 자식이 없던 두 분들로부터 나는 작은 아파트 한 채와 한 오 년은 그림만 그리며 먹고 놀 수 있을 만큼의 유산을 물려받았다.

낮에는 그림을 그리고 밤에는 매니저 일을 맡아 하던 와인바를, 주인인 선배가 이민을 가는 차에 인수하여 이름을 '카페 프루스트'로 바꾸었다. 쉬는 날인 매주 월요일은 밤에 자는 시간이 아까워 꼬박 새워 그림을 그리곤 했다. 하지만 다음날 잃어버린 햇빛은 또 어떡하란 말인가? 우리는 다 가질 수는 없는 법일까? 낮과 밤을, 자유와 안정을.

새로 나온 고흐 영화를 보았다. 고흐는 노란색을 사랑했다. 나도 노란색을 사랑한다. 고흐는 생전에 이렇게 말했다. "나는 내 그림이다." "나는 늘 화가였다." 정신병원의 의사는 묻는다. "그림으로 돈도 못 벌면서 당신은 자신을 왜 화가라고 생각하는가?" 고흐는 답한다, "그리지 않으면 살 수 없으므로." "왜 그림을 그리는가?" "생각을 멈추기 위해서." "나는 나와 영원에 대해서만 생각한다." "미래 세대와 소통하는 화가인 나는 세상을 잘못 타고났다." 나 역시 미래 세대와 소통하며 그들이 나를 잊히지 않는 소중한 예술가로 여겨주길 바란다. 이건 현실도피가 아니라 그리 큰 운이 따라주지 않은 대단한 예술가의 생존법이다.

우선 자기 자신부터 자신을 죽이지 않기. 몇 번이라도 부활하기. 이 지구가 살아남을 때까지. 영화 속에서 고흐가 머물렀던 정신병원 안 병실의 벽은 노란색으로 칠해져 있고 보라색으로 "나는 제 정신이다."라고 씌어 있었다. 나 역시 불멸을 친구로 삼지만, 그럼에도 제정신이다. 그렇게 고독한 과대망상의 밤에 나는 불쑥 그녀가 그리웠다.

정말 오랜만에 그녀를 다시 만난 건 어느 대기업의 크리스마스파티에서였다. 아는 친구 소개로 파티에서 음식과 와인을 조달해 서빙하던 중 목이 깊이 파인 긴 검은 드레스를 입고 플루트를 연주하는 그녀가 눈에 들어왔다. 내 눈을 의심했지만 그녀가 틀림없었다. 파티가 끝나기를 기다렸지만 나는 그녀 곁에 다가갈 수 없었다. 그녀는 사람들에 에워싸여 있었고, 어느새 고급 승용차를 타고 내 눈앞에서 사라졌다.

이후에도 한 달에 한 번 그곳에서 음악회가 열렸다. 내가 그녀에게 아는 척을 했을 때 그녀는 마치 헤어진 혈육을 만난 듯 반가워했다. 그곳에서 나는 아주 특이한 풍경을 보게 되었는데, 가장 눈에 띄는 여자가 두 명 있었다. 하나는 검은 옷을 입은 그녀이고 하얀 옷을 입은 또 다른 그녀였다. 그녀는 늘 검은 옷을 입었고 또 다른 그녀는 늘 하얀 옷을 입었다. 알고 보니 하얀 옷을 입은 여자는 기업 대표의 아내였다. 그들은 약속이나 한 듯 검은색과 흰색의 드레스를 입었고, 신기하게도 쌍둥이처럼 닮아 보였다. 하얀 옷을 입은 여자는 늘 음악회가 끝나자마자 자릴 떴다. 검은 옷을 입는 그녀는 늦게까지 남았다가 대표라는 남자와 또 다른 몇 명의 남자들과 함께 음악회장을 떠났다. 그녀는 내게 오래 말할 시간조차 주지 않았다.

그리고 한참 뒤 어느 봄날 그녀가 카페 프루스트의 문을 열고 들어왔다. 그리고는 와인 한 병을 시켜 마시며 아무 말도 없이 물끄러미 나를 바라보며 말했다. "'카페 프루스트', 제목이 좋네."

그녀와 마주 앉자 지나간 세월의 시간들이 마구 거꾸로 흐르며 아직도 그녀에 대한 감정의 맥박이 되살아나는 소리를 들었다. 우리가 어떤 사물이나 사람에게 갖게 된 관심의 유효기간은 얼마나 되는 것일까? 물감처럼 유효기간 없이 평생 가는 것도, 비교적 긴 유효기간을 지닌 약품도, 물휴지처럼 꺼내자마자 물기가 마르고 마는 짧은 유효기간을 지닌 사물도 있듯이, 사람에 관한 관심도 그렇다. 아마도 그녀를 향한 나의 눈물 나는 관심은 영원히 마르지 않을 그런 사물의 영혼 비슷한 거였을까?

그녀가 말했다. "나 사랑하는 사람 있어." 그래서 내가 물었다. "누군데?" "너도 아는 사람이야." 그 이상은 묻지도 않고 답하지도 않았다. 나는 또다시 내 앞에 나타난 그녀가 그 옛날과 똑같이 곁에 있는 내가 있는지 없는지 관심도 없이 먼 창밖 풍경만 바라보고 있는 걸 느꼈다. 그렇게 그녀는 또 내 눈앞에서 사라졌다. 그리고 또 한참 뒤 길에서 꼬마 소녀의 손을 잡고 걸어가는 그녀와 마주쳤다. 그 뒤로 아주 가끔 그녀는 카페 프루스트를 찾아왔다. "딸아이는 잘 있어?" 그러면 "응. 매일매일 믿을 수 없을 정도로 자라고 있어." 했다. "아이 아버지는?" 하고 물으면 그녀는 또 먼 창밖을 바라보며 그냥 하얗게 웃었다. 그리고는 "나 노래 하나만 불러도 돼?" 했다. 사람들이 바라보는 가운데 그녀는 반주도 없이 뜬금없는 노래를 불렀다. 노래라기보다는 랩이거나 중얼거림 같은 거였다.

"나는 아무 신경도 안 써요. 아무 걱정 안 해요. 나는 백만장자랑 결혼할 거예요. 그 사람이 죽어도 난 슬퍼하지 않아요. 다른 사람과 결혼하면 되니까요."

처음 들어보는 이 뜬금없는 노래는 '어머니'라는 제목의 어느 다큐 영화에서 나오는 노래라고 했다.

그 뒤로 또 오랫동안 그녀를 만날 수 없었고 또 우연히 어디선가 부딪치고 또 연락이 끊겼다가 SNS 시대에 다시 만나 소식을 주고받았다. 스마트폰의 출현으로 세상에는 심심한 사람도 외로운 사람도 없어졌다. 외롭지 않다는 환영, 행복하다는 환영을 주는 기계도 머지않아 시판되리라. 도대체 누구에게나 세상에서 가장 소중한 물건이 스마트폰이 되리라는 상상을 해보기나 했을까? 우주에 가봤자 아무것도 없고, 스마트폰이 목성이며 수성이며 금성이고 달이며 우리 의식과 무의식의 바다라는 걸. 스마트폰 안에 한 사람의 잃어버린 시간들이 고스란히 담겨있는 것이다.

그녀는 가끔 페이스북에 자신이 그린 그림을 올렸다. 나는 그녀의 그림을 좋아했다. 나처럼 척박하게 살아온 사람의 그림은 미친 듯이 환한데, 겉보기에 평탄한 유년 시절을 지낸 그녀의 그림은 왜 그렇게 슬프고 우울하고 무섭고 음울했을까? 누가 유년을 행복하다 하는가? 그 시간들에 내가 겪은 불행은 지금보다 훨씬 깊고 넓은 지평이다. 그중에서 내가 가장 좋아하는 기억은 겨울날 유리창으로 들어오는 환한 햇빛과 귤이 가득 담긴 쟁반, 그런 평화로움의 기억이다. 아마도 프루스트는 그런 걸 썼을지도 모른다.

그녀가 페이스북에 가끔 올리는 그림에서 공통적으로 느껴지는 이미지는 쫓기는 이미지였다. 검은 양복을 입은 세 남자가 무언가를 골똘히 생각하며 길에 서 있고 한 여자가 맨발로

길 위를 뛰어가고 있다. 혹은 철조망에 갇힌 원숭이가 철조망 사이로 손을 내밀고 파란 하늘을 우러르고 있다. 그림을 볼 때마다 언젠가 카페 문을 열고 들어와 "나 미행당하고 있어." 하던 그녀의 마르고 수심 가득한 얼굴이 떠올랐다. 그녀의 딸아이가 매일매일 무섭게 자라는 식물처럼 숙녀가 될 때까지 우리는 다른 시간과 공간 속에 살았다. 그녀를 못 잊는다고 생각하는 건 그저 나의 강박관념이었을 뿐, 나 역시 누군가를 사랑하고 헤어지고 또 다른 사람을 만나고 뭐 그러면서 생이 지나가는 소리를 들었다. 카페 프루스트는 그렇게 지나가는 생의 속도를 잊으려는 사람들로 조용히 북적였다.

나는 가끔 어느날 저녁처럼 그녀가 문을 열고 들어오는 환상을 보기도 했다. 그리고 영안실에서의 시간이라니. 문득 어디선가 읽은, 죽은 이들의 사진은 '가슴 설레는 현존'이라는 인상적인 말이 생각난다. 죽은 사람은 사진 속에서 영원히 늙지 않기에. 사진 속에서 특유의 하얀 표정으로 웃고 있는 그녀도 그럴 것이다. 아니 그녀는 살아서도 죽어서도 내가 살아있는 날까지 언제나 나를 설레게 할 것이다. 텅 빈 영안실의 상주로 앉아있는 그녀를 딱 빼닮은 딸아이를 보고 내가 말했다. "엄마 친구인 나는 널 잘 안단다." 그녀는 "엄마가 아저씨 얘기 많이 했어요. 참 좋은 사람이라고요." 했다. "아버지는?" 하고 물으니 "아무리 연락을 해도 받지도 않고 답도 없어요." 했다. "아버지가 누군지는 아니?" 하니까 그녀가 제 엄마의 하얀 표정과 똑같은 표정으로 고개를 끄덕였다. "만난 적은 있어?" 하니까 힘없이 고개를 흔들었다. 말 안 해도 나는 그녀의 아버지가 누군지 알 것 같았다. 딸아이는 아버지를 한 번도 보지 못했지만, 갑자기 발견된 암 증세가 심해지자 아무에게도 알리지 않고 투병을 하고 있던 병실에 단 한 번 왔다 갔다는 말을 엄마로부터 들었다 했다.

　나는 그 말을 믿지 않는다. 어쩌면 그녀의 환상일 것이다. 내가 카페 프루스트의 문을 열고 들어오는 그녀의 환상을 가끔 보았듯이. 나는 알 수 없는 복수심에 사로잡혔다. 그녀를 유기했다는 자신에 대한 죄책감과 그 누구에 대한 복수심, 나는 그를 만나 묻고 싶었다. 묻는 내용도 중요하지 않았다. 텅 빈 빈소에 나타나지도 않는 그자의 면상을 후려치고 싶은 생각밖에 들지 않았다. 밖에는 겨울비가 추적추적 내리고 있었고 문득 이런 구절이 머릿속에 맴돌았다.

즉, 어떻게도 될 수 없는 일을 어떻게든 해보고자 하여 붙들 수 없는 생각을 더듬으며 아까부터 주작대로에 내리는 빗소리를 무심결에 듣고 있었던 것이다. — '라쇼몽'

3.

그녀가 딸 아이 아버지를 처음 만난 건 바로 그 음악회에서
였다. 크지 않은 키, 다부진 어깨에 늘 웃는 얼굴의 남자가 음
악회 중간 휴식 시간에 와인 한잔을 들고 오던 그녀와 부딪쳐
하얀 원피스에 붉은 와인을 흠뻑 쏟았다. 종업원 두 명이 달려
와 서둘러 옷을 닦아주었지만 붉은 얼룩은 그대로 남았다. 죄
송하다고 거듭 말하는 남자를 그녀는 다음 날 아침 뉴스 화면
에서 보았다. 기업인들과 정치가들의 무슨 기념일 행사 같은
장면이었다. 와인을 쏟은 날 비서라는 사람이 와서 전화번호를
물었고, 그런 인연으로 그녀는 그곳에서 플루트를 연주하기 시
작했다. 총명한 눈빛에 가녀린 몸매와 낮고 정숙한 목소리, 음
악회에서 오랜만에 만난 그때 그녀의 모습을 나는 그렇게 기억
한다.

어떤 우연들이 사람들의 운명을 연결하고, 그 연결의 파장은
때로 한 사람의 운명을 아주 다른 방향으로 데려가기도 한다.
때로는 낭떠러지 같은 곳으로. 이런 이야기들을 내가 그녀로부
터 직접 들은 것은 아니다. 내 눈앞에 그녀의 삶의 결정적 순간

들이 현실처럼 생생하게 떠올랐던 것이다. 영안실을 나서는 길에 주인의 보조를 맞추며 빠르게 지나가는 강아지를 보며 문득 한참 때의 아름다운 그녀가 떠올랐다. 자신이 얼마나 아름다운지도 모르는 처절한 그녀가. 저 끈을 놓아버리면 강아지는 어떻게 살까?

그녀가 그랬다. 사랑하던 그 남자가 손을 놓아버리자 세상을 연결하는 끈이 탁 하고 끊어졌다. 세상에는 그런 종류의 드문 사람들이 있다. 그 뒤로 혼자 아이를 낳고 오랜 세월을 세상의 망상의 목소리에 시달리다가 너무 이르게 세상을 떠났다. 정보부의 감시를 받고 있다는 둥, 방송사에서 끈질기게 따라붙는다는 둥 실제로 그 망상의 마음의 풍경은 유일한 취미이던 그림 속에 그대로 나타났다. 실제로 그녀를 위로한 건 플루트보다 그림이었다. 나를 위로한 건 그림보다 영화였듯이.

넷플릭스에 접속한 뒤로 나는 밤새 세 편의 영화를 보기도 했다. 본 영화를 또 볼 필요는 없었다. 넷플릭스는 영화의 바다였고, 외로움도 심심함도 없애주는 보물섬이었다. 오래전 영화를 다시 보듯 나는 그녀와의 만남의 순간들을 돌이켜보았다. 그때는 보지 못했던 장면들이 눈에 들어왔다. 게다가 그 느낌도 많이 달랐다. 우리의 삶도 그러하리라. 그때는 미처 보지 못했거나 잊힌 장면들처럼 그녀의 오래된 모습들이 파노라마처럼 지나갔다. 하긴 그녀뿐 아니라 50억 년 뒤엔 저 태양도 사라진다. 우리의 교만도 걱정도 불행도 다 사라진다. 우리는 모두 삶이라는 전쟁터에 참가한 전우들이다. 누가 먼저 죽는지는 정말 간발의 차이다.

도대체 이렇게 당연하고 지루한 생각들이 나의 때늦은 슬픔에 도움이 되는 걸까? 나는 카페로 돌아와 취하도록 와인을 마셨다. 마침 손님은 한 명도 없었고, 잠시 까무룩 잠이 들었을지도 모른다. 나는 그 남자를 죽이기로 결심했다. 집에도 회사에도 아무 데도 없는 남자를 찾아 지구 끝까지 가리라 맹세했다. 세상의 모든 호텔들을 다 뒤질 작정이었다. 드디어 사람을 사서 그가 숙박하고 있는 호텔을 찾았다. 그 위대한 동시에 구린내 나는, 돈밖에 없는 그가 침대 속에서 웬 젊은 여자와 뒹굴고 있었다. 돈밖에 없는 놈이 돈도 안 쓰는 돼지 같은 놈이라고 하기엔 돼지는 너무 착하고 순수하고 위생적이며 희생적이다. 나는 돼지 같은 그놈의 배를 숨겨가지고 갔던 칼로 깊숙이 찔렀다. 낭자한 피를 보며 젊은 여자가 소리를 질렀다. 그래서 나는 그녀에게 말했다. 당신도 아마 곧 이 사람을 죽이고 싶어질 거라고. 그랬더니 놀랍게도 그녀는 안 그래도 그를 죽이고 싶었다고 했다. 그래서 우리는 그놈을 힘을 합해 차에 실어 먼바다에 갖다버렸다. 시체가 떠오른다 해도 하도 용의주도하게 처리해서 완전범죄가 되고도 남을 터였다.

아니 어쩌면 다 꿈일지 모른다. 그녀의 존재도, 그녀가 죽은 것도, 내가 돼지 대표를 죽인 것도, 아니 지금 내가 존재하는 것도. 때는 1899년이거나 2019년 어느 가을 저녁이었다.

꿈은 때로 계속되기도 한다. 내가 다시 영안실로 찾아가 "내가 대신 그놈을 죽였어. 너 안 죽었지? 벌떡 일어나." 그러자 영안실 그녀의 사진 속에서 그녀가 천천히 살아 걸어 나왔다. 그녀가 "친구야. 나 안 죽었어." 하는 것이다. 우리는 아무도 모르게 영안실을 빠져나왔다. 내가 그녀의 손을 꼭 잡고 말했다.

"가자. 은하수를 넘어 화성 목성 해왕성으로." 그녀도 잡은 손에 힘을 주며 말했다. "사랑해. 영원히."

그녀의 '영원'이라는 말의 여운이 가시기도 전에 나는 다른 꿈의 무대에 섰다. 마치 넷플릭스 영화 한 편이 끝나자마자 다른 영화가 시작되는 것과도 비슷했다. 카페 프루스트 문을 열고 내가 죽인 돼지 대표가 들어왔다. 그가 스탠드바의 내 앞에 앉아 제일 비싼 와인 한 병을 주문했고, 외로워 보인다며 내가 같이 한 병 두 병 세 병을 비울 때쯤 그가 말했다. 고맙다고 나를 죽여줘서 고맙다고. 실은 너무 괴로워서 같이 죽을 여자를 돈 주고 산 거라고. 같이 죽는 척만 하다가 내가 죽으면 경찰에 연락하라 했던 거라고. 당신만 플루트를 그렇게 애달프고 아름답게 연주하는 그녀를 사랑한 게 아니라, 나도 정말 그녀를 사랑했다고. 그녀가 가냘픈 어깨가 드러나는 검은 드레스를 입고 플루트를 연주하는 장면을 세상에서 제일 사랑한다고. 나는 처음으로 돼지 대표의 얼굴을 자세히 들여다보았다. 선한 얼굴이었다. 내가 그를 죽인 게 정말 꿈이면 싶었다. 어떤 게 꿈이든 상관없었다. 어느 스님의 법문처럼 열심히 구하다가 후회하며 사라지는 게 인생이니까.

  그때였다. 죽은 줄 알았던 그녀가 거짓말처럼 카페 프루스트 문을 열고 들어왔다. 나는 그때 분명히 보았다. 꿈인지 생신지 카페 프루스트의 하얀 벽에 그림 한 점이 걸려있는 것을. 그건 그녀와 나, 그리고 돼지 대표, 우리 세 사람이 다정하게 와인을 마시는 그림이었다.

마담 프루스트

1.

　내 남편은 프랑스인이고 화가다. 남편은 하루 꼬박 여덟 시간 그림을 그린다. 나는 하루에 한두 시간 프랑스 소설을 한국어로 번역하는 일을 한다. 번역은 모든 감각과 언어 독해력과 지성이라 불리는 것들을 다 합쳐서 이름 모를 적과 싸우는 일이다. 번역은 말하자면 원작의 운명이 걸린 중요한 일임에도 불구하고, 알아주는 극소수의 사람들만 알아주는 지극히 고독한 작업이다. 사실 나의 꿈은 프루스트의 방대한 책 『잃어버린 시간을 찾아서』를 지금껏 없었던 지극히 주관적인 나만의 언어로 번역하는 일이었다. 그 일이 평생이 걸린다 해도 꼭 해내고 싶었는데, 시작만 수만 번 했다. 언젠가는 끝내고 말리라. 하긴 그 책을 끝까지 읽은 사람이 몇이나 될까? 끝까지 읽지도 않으면서 그렇게 팬이 많다는 것도 신기하고 부러운 일이다. 평생의 병약함과 고독과 끈기, 어쩌면 그것이 그의 원대한 꿈을 이룬 자양분이었을지도 모른다. 아니 원대한 꿈이라니, 참 허망한 말이다. 프루스트의 영원한 유명세는 모차르트나 베토벤이나 반 고흐처럼, 이를테면 그 자신을 넘어서는 초특급 브

랜드이다. 그러니까 영원히 위대한 사람으로 남는 일은 자기 자신이 아니라 살아있는 사람들을 위한 최고의 명품 브랜드 선물인 것이다. 그런 생각에 이르면 우리가 보통 사람으로 살아가는 것도 행복한 일일지 모른다. 어쨌든 프루스트 덕분에 나는 평생의 행복한 일을 찾은 셈이다.

하루에 한두 시간 나는 남편의 조수 역할도 한다. 쏠쏠히 건물들에 큰 그림이 걸리기도 하는, 전업 작가인 남편이 지시하는 그대로 캔버스에 밑칠한다. 여기는 빨간 색으로 저기는 회색으로 벽에 페인트를 칠하듯 굉장히 단순한 반복 작업이다. 미술이라면 고등학교 졸업 이후 붓을 만진 게 남편과 결혼해서가 처음이다. 하긴 나는 늘 그림을 좋아했다. 커다란 붓으로 큰 대형 캔버스에 칠을 하는 일은 처음에는 손이 떨리기도 했지만, 시간이 지날수록 익숙해져 번역할 때 쌓이는 스트레스를 칠하는 일로 다 날려 버리기도 한다. 영화 속의 마술 빗자루를 타고 낯선 곳으로 날아가는 기분이다. 신기하게도 남편의 이름은 마르셀 프루스트이고, 그의 아내인 내 이름은 지나 프루스트이다. 그는 나를 지나라고 부르지만 다른 이들은 모두 '마담 프루스트'라고 부른다.

대학 시절 내 전공은 불문학이었다. 그중에서도 〈마르셀 프루스트의 『잃어버린 시간을 찾아서』에서의 후각의 현상학〉으로 석사학위를 받았다. 이후 파리로 유학을 와서 남편을 만났다. 그가 자기 이름을 말했을 때, 나는 거짓말인 줄 알았다. 그리고 그를 좋아하기 시작한 건 그 이름 때문이었을지도 모른다. 프루스트의 소설 『잃어버린 시간을 찾아서』에서 홍차에 적신 과자 마들렌의 냄새를 맡고 어린 시절을 회상하는 장면은 내게 마치 나 자신의 일처럼 각인되었다. 과거에 맡았던 특정한 냄새에 자극받아 무언가를 기억하는 일을 '프루스트 현상'이라 부른다.

내게 프루스트 현상은 일종의 기억술, 혹은 살아있다는 걸 문득 깨닫게 하는 삶의 연금술이었다. 내게 가장 먼저 각인된 냄새의 기억은 무엇일까? 그리고 그 냄새가 환기시킨 것은 또 무엇일까? 골목 안에 감돌던 비의 냄새, 동네 어귀에서 풍겨오던 도넛의 냄새, 봄날의 라일락 냄새, 그리고 어른이 된 언젠가 처음 느낀 사랑하는 사람의 숨 냄새. 남편을 처음 만난 건 어느 해 크리스마스 오후 극장에서였다. 단짝 친구가 방학이라 서울로 가버린 탓에 나는 혼자 극장에 갔다. 기억하건대 그때 본 영화는 '시네마 파라디소'와 '말레나'로 널리 알려진 '주세페 토르나토레' 감독의 '피아니스트의 전설'이었다. 영화 속의 주인공은 호화 유람선에서 출생하여 버려진 채 배 안에서 자라 신분증도 여권도 아무것도 없이, 배 안을 한 번도 떠나보지 않은 채 생을 마감하는 절대 고독의 영혼의 소유자다. 그 신기 어린 피아노 연주를 한 번 보고 들은 사람은 영원히 잊을 수 없는 피아니스트의 실존에 관한 이야기다. 곧 다이너마이트 폭파가 시작되는 낡은 배 안에 끝까지 남아있는 그를 구하러 들어간, 생애 단 한 사람의 친구 앞에서의 주인공의 마지막 말이 내 가슴 속에 남았다. 모두가 다른 별로 이사를 간, 텅 빈 폐허의 지구를 떠나지 않고 남으려는 최후의 지구인 같았다고나 할까? 그 때 피아니스트, 그가 했던 말들이 지금도 내 기억 속에 생생히 살아있다.

"내가 두려운 건 보이지 않는 세상의 끝이다. 피아노 건반은 시작과 끝이 있다. 88개의 유한한 건반을 가지고 우리는 무한한 음악을 연주한다. 이걸로 내 인생은 충분하다. 배 밖의 세상은 끝없는 건반, 무한한 건반이다. 그건 내가 연주할 수 없는 신이 연주하는 음악이다. 그건 내겐 너무 아름다운 여인, 너무 긴 여행, 너무 강한 향수, 내가 연주할 수 없는 음악이다. 나는 이 배에서 내릴 수 없다. 꼭 내려야 한다면 차라리 내 삶에서 내리겠다."

내가 영화를 보며 하염없이 눈물을 흘렸던 건 그 시절 나 자신 배 안에 갇힌 것처럼 그렇게 외로웠기 때문이었다. 영화 속 피아니스트의 절대 고독이 내게 감정이입 되어, 이후로도 가끔 영화 속의 바다 냄새를 맡으며 기억 속으로 침잠하기도 했다. 그래. 내게도 세상은 너무 아름다운 여인, 너무 긴 여행, 너무 진한 향수 같아서 만질 수도 떠날 수도 돌아올 수도 없는, 맡으면 진한 향수처럼 현기증이 나는 낯선 곳이었다.

그즈음 세상에서 단 하나뿐인 내 편, 아버지가 세상을 떠나셨고, 그것도 아프거나 사고사도 아닌 높은 건물에 올라가 투신 자살하셨다. 아버지가 유일한 혈육인 내게 남긴 유서는 꼭 네가 좋아하는 마르셀 프루스트의 문학에 관해 세상에서 가장 훌륭한 전문가가 되라는 것과 내게 물려줄 쩍하면 물이 새는 낡고 작은 아파트 한 채에 관한 내용이었다. 청렴한 공무원이었던 아버지가 무슨 정치적인 일에 연루되어 괴로워하다가 세상의 끝에서 뛰어내렸다. 그런 어디서나 있을법한 이야기의 주인 공이 나의 아버지라니, 게다가 하나밖에 없는 소중한 딸을 두 고 세상 끝에서 떨어졌다니 믿을 수가 없는 일이었다. 지금도 생각하면 아버지가 내게 남긴 편지는 "내가 만일 죽더라도 너 는 굳건히 살아남아라, 사랑하는 내 딸아." 그런 내용이었는데 정말 피치 못할 무언가가 있는 것처럼 보였고, 어쩌면 누군가 에게 살해당한 것일지도 모른다는 의구심을 떨칠 수가 없었다.

건반 88개의 피아노 한 대면 족한 배 안의 세상에서 무한한 건반이 펼쳐지는 배 밖으로 떨어진 외로운 지구인, 게다가 이 고독한 파리라니, 그렇게 나는 계속 훌쩍거리며 울었던 것 같 다. 영화가 끝나고도 한참을 일어서지 못하고 앉아있는데, 혼 자 영화를 보러와 하필 우는 여자 곁에 앉게 된 모르는 프랑스 남자가 울어서 엉망이 된 내게 손수건을 내밀었다. 마른 몸매 에 웃는 건지 웃지 않는 건지 애매한 표정을 지닌 그가 내미는 손수건은 영화가 끝나서 갑자기 현실로 돌아온 밝음과 어둠 사 이의 조명 아래서 바다 빛깔의 작은 깃발처럼 보였다. 내가 괜 찮다고 손사래를 치자 그는 웃으며 손수건을 내 무릎에 얹고,

실례한다며 앉아있는 내 앞을 스쳐 지나 먼저 밖으로 나갔다. 거울을 보니 마스카라가 번져 얼굴이 피에로처럼 보였다. 문득 손수건을 건네며 살포시 웃던 그 사람의 얼굴이 영화 속의 피아니스트랑 닮았다는 생각이 얼핏 스쳐 지나갔다. 그렇게 스쳐 지난 뒤 나는 그림을 전공하는 절친의 학교 실기실에 갔다가 그를 우연히 다시 만났다. 첫눈에 나를 알아보고는 수줍은 듯 손을 내밀며 그가 자신의 이름을 말했을 때, 나는 그가 장난을 치는 줄 알았다. 친구는 시간강사인 그를 마르셀이라고 부르며 나를 소개했다. 이 친구가 '마르셀 프루스트' 전공이라며 그녀가 호들갑을 떨자 그가 눈을 찡긋거리며 아마도 대단한 신의 가호라고 맞받아 호들갑을 떨었다.

그렇게 우리 셋은, 아니 친구의 남자친구인 같은 미술학도 한 사람과 넷이 우리는 가끔 만났다. 마르셀과 내가 급속도로 가까워지면서 결혼을 약속했을 때, 어렴풋이 내게 떠오르는 기억은 폐허가 된 배 안에 남아 피아노도 없이 허공에 피아노 건반을 치는 고독한 피아니스트의 이미지였다. 피아노 건반 대신 캔버스에 그림을 그리는 나의 연인 '마르셀 프루스트'는 고독하고 섬약한 예술가였고, 그에게 내가 없는 세상은 우리가 우연히 같이 봤던 영화 '피아니스트의 전설' 속 주인공의 말처럼, 무한한 건반이 펼쳐지는 배 밖의 두려운 세상이었다. 나는, 너무 아름다워서 현기증이 나는 그런 여자가 아니라서 더욱 사랑한다는 그 말이 되는지 안 되는지 모르는 몽롱한 사랑 속으로 빠져들었다. 그렇게 나는 내 인생을 몽땅 사로잡고도 남을 그 이름 '마르셀 프루스트'의 아내가 되었고, 커다란 흰 공백의 캔버스에 겁도 없이 색칠해도 좋은 화가의 조수가 되었다. 햇빛이 환하게 들어오는 작업실에 앉아 눈을 감으면 비 냄새, 라일락 냄새, 바다 냄새, 내가 태어나 처음으로 맡았던 향수 '화이트 린넨'의 향기, 홍차에 적신 마들렌의 냄새가 떠오르며, 88개의 피아노 건반이 88,000개의 냄새가 되어 내 몸속을 구름처럼 떠다니는 것 같았다.

2.

『잃어버린 시간을 찾아서』를 쓴 마르셀 프루스트, 그리고 그
와 같은 이름을 지닌 내 남편 마르셀 프루스트의 공통점은 신
기하게도 아주 작은 소음도 참지 못한다는 것과 호흡기가 약하
다는 것이다. 마르셀 프루스트가 삐걱거리는 침대의 소음을 못
견뎌 코르크로 만든 침대를 사용했다는 건 잘 알려진 사실이
다. 코르크 하면 와인이 떠오르고 와인 한잔하면 잠에 떨어지
는 나와 달리 내 남편 프루스트는 늘 불면증에 시달린다. 아침
에 눈을 뜰 때 서로가 옆에 없으면 불안했던 신혼의 시간을 지
나 우리는 각자의 방에서 각자의 잠을 영위한다. 부스럭 소리
만 나도 잠에서 깨는 남편의 소음 강박증 때문에 같은 침대에
서 잘 수가 없기 때문이다. 반대로 나는 소음이든 음악이든 함
성이든 소리에 민감하지 않은 편이다. 옆방에서 들리는 남편의
기침 소리는 내게 자장가가 되어주기도 한다. 음악을 크게 틀
어놓고 독서를 즐기거나 번역 일을 하는 나는 어떤 소리든 음
악으로 만들어버리는 재주가 있다.

우리는 아침에는 커피를, 저녁에는 와인을 마신다. 그럴 때 살아있다는 건 선물이다. 나는 가끔 아침의 햇빛과 석양의 술 한 잔이 비슷한 에너지를 준다는 생각이 든다. 결국은 이 고단한 삶을 지탱하는 건 열정이다. 살려는, 이루려는, 되찾으려는. 우리는 잃어버린 시간을 되찾을 수 있을까? 하지만 잃어버린 시간은 늘 우리 안에 있다. 그러니까 잃어버린 시간은 내 안의 보물섬이다.

처음 만났을 때부터 남편은 네스프레소 캡슐 커피를 마셨다. 여과지를 커피머신에 넣고 커피를 내려 먹곤 하던 내게 캡슐 커피머신은 신기한 마술 기계처럼 보였다. 결혼 후 캡슐 커피를 먹기 시작하면서, 나는 왠지 남아있는 날들을 저금하는 기분이 든다. 하루가 지나면 내가 마신 두 개의 캡슐과 남편이 마신 두 개의 빈 캡슐이 남는다. 남편은 버리지 않고 그 캡슐들을 다 모아둔다. 아름다운 색깔과 갖가지 무늬의 커피 캡슐은 그동안 얼마나 시간이 흘렀는지 그대로 보여준다. 우리들의 잃어버린 시간들이다. 색깔도 변하지 않고 영원히 썩지도 않을, 우주선의 식량을 닮은 작은 커피 캡슐들을 모아놓은 커다란 유리

단지들을 볼 때마다 나는 살아있음을 느낀다. 그야말로 타임 캡슐이다. 밥을 먹는 것은 내용물을 소화시키고 배설하는 방법으로 외양적으로는 흔적을 남기지 않는다. 하지만 캡슐 커피머신은 우리가 이 지구라는 우주에서 얼마만큼 살다 간다는 흔적을 고스란히 남길 것이다. 변하지 않는 알루미늄으로 만들어졌다는 아름다운 커피 캡슐은 화성이나 금성, 수성 같은 혹성들을 축소해놓은 것 같다. 재활용 목적으로 커피 회사는 빈 캡슐들을 회수해 가길 원하지만 우리는 단 한 개도 돌려보내지 않고 버리지도 않는다. 우리는 다른 많은 사람들처럼 네스프레소 왕국의 국민이다. 이 묘한 소속감은 캡슐 커피를 마시는 사람들을 은근한 고리로 엮어준다. 프루스트가 살아있다면 캡슐 커피를 좋아했을까? 커피보다는 홍차를 좋아했을 것 같다. 마들렌과 홍차, 내 남편 프루스트는 네스프레소 캡슐 커피와 색깔이 깊은 마카롱을 즐기는 편이다. 이렇게 쌓인 시간의 흔적들은 언젠가 남편의 설치미술로 바뀔 것이다. 시간의 시간에 의한 시간을 위한 시간뿐인 우리의 삶.

남편은 작업하는 동안 캡슐 커피를 마시며 같은 음악을 하루 종일 듣는다. 같은 음악을 일 년 내내, 아니 몇 년 동안을 늘 틀어놓는다. 그 음악이 영혼 속에 깊이 밴 냄새가 될 때까지. 그중 가장 많이 듣는 음악 중의 하나는 에릭 사티의 음악이다. 나는 그가 1800년대에 태어난 옛날 사람이라는 게 늘 믿기지 않는다. 그 현대적인 음률은 현대의 어느 뉴에이지 음악보다 새롭고 독창적이며 무엇보다도 프랑스적이다. 조곤조곤 영혼의 귀에 속삭이는 감각적이고 세련되고 멜랑콜리한 삶의 해석을 음악으로 써 내려간 에릭 사티의 독창적이고 현대적인 예술은 프루스트와 공통점이 있다. 그 우울한 기시감, 불교적으로는 업력이라 불리는 오래된 우울의 힘.

프루스트로 검색하면 1871~1922라는 생의 연도 숫자가 뜬다. 에릭 사티는 1866~1925라고 뜬다. 그들은 거의 비슷한 시기에 살았던 동시대인이다. 에릭 사티는 라투르의 시 '오래된 것들'의 몇 줄에 영감을 얻어 '짐노페디'를 작곡했다. '짐노페디'는 고대 그리스의 의식 때 벌거벗은 소년들이 추었던 무도를 의미한다고 한다. 에릭 사티의 두 번째로 유명한 음악 '그노시엔'은 비밀스런 종교적인 느낌을 지닌, 사티 자신이 만든 단어로 알려져 있다. 다른 음악가들과 달리 사티 음악의 제목은 독특하다. 그는 화이트와인을 좋아했고, 몽마르트르의 캬바레 르샤누아에서 10년 동안 피아노를 쳤다. 그곳에서는 사티의 유머와 시어가 녹아든 그림자 연극이 열리고, 연극에는 그 시절의 모파상, 에밀졸라, 폴 베를렌, 알퐁스 도데, 그리고 마르셀 프루스트의 이름도 등장한다. 하얀 대리석 위로 미끄러지는 벌거벗은 그리스 소년들의 발소리, '짐노페디'는 뜻밖에도 그런 발걸음을 숨소리처럼 간직하고 있다.

에릭 사티는 많은 독창적인 천재 예술가들이 그랬듯 가난하고 고독한 생애를 보냈다.

"수요일 그 가엾은 늙은 남자를 봤어. 그의 방에 들어갔더니 자고 있었어. 그는 며칠이나 샴페인과 진통제 외에 입에 대지 않았어."
— 레이몽드 리노시에, '프랑시스 풀랑크에게 보내는 1925년 7월 6일 자 편지'

"에릭 사티는 59세에 세상을 떠났다. 날씨가 화창한 날 장례 행렬은 매우 길었다. 그리고 예쁜 양산을 든 두 명의 젊은 여성이 장례식을 뒤

따랐다 한다."

— 아가드 멜리낭(툴루즈 국립극장 공동 극장장)

그 시절 에릭 사티와 마르셀 프루스트가 특별히 가까웠다는 논증은 하나도 없다. 그들이 인연이 없었던 때문인지도 모른다. 하지만 나는 그들의 공통적인 만질 수 없는, 만지면 부서질 듯 만져지지 않는 섬세한 예술혼을 느낀다.

에릭 사티의 '짐노페디'를 들으며 우리의 아침은 시작된다. 오전에 그는 그림을 그리기 시작하고 나는 책을 읽는다. 오후가 되어 남편의 빈 캔버스에 색칠을 하면서 매일 쓰는 색깔에도 아직 낯선 색깔이 있다는 사실이 늘 신기하다. 수많은 빨강 중에서도 낯선 빨간색, 낯선 노란색, 낯선 보라색, 심지어는 낯선 흰색도 낯선 검은 색도 있는 것이다. 그리고 낯선, 내 남편 마르셀 프루스트, 그리고 낯선 나……

나는 아침에 깨면 한동안 눈을 감고 누워서, 뜻을 이해할 수 없는 낯선 나라 라디오 채널을 틀어놓고 멍하니 있기를 즐긴다. 이란 방송이나 모로코 방송에서 코란이 울려 퍼지는 걸 들으면 한없는 평화를 느낀다. 때로 낯선 감각은 자유의 감각과도 통한다. 코란을 들으며 자유를 느낀다는 걸 이해하는 사람이 있다면, 그는 내 남편 마르셀 프루스트다. 그건 종교의 문제가 아니라 코란을 음악으로 듣는 나의 특별한 취향이기도 하다. 신은 없다. 만일 있다고 치더라도 자식을 불타는 전쟁터에 내다 버린 부모를 닮은, 그런 신은 없어도 무방하다. 매일 삶을 시작하는 걸음마 연습 뒤에 정오가 오면, 미친 듯 삶의 활기가 온몸에서 솟아오른다. 이 조울의 기분은 어릴 적부터의 오래된 습관인지도 모른다. 왜 그렇게 삶에 무심하다가 왜 갑자기 사는 게 온통 기쁨으로 물드는지, 빵을 자르는 것도 캔버스에 물감을 칠하는 것도 왜 그리 행복감으로 충만한지. 그 비싼 물감을 겁도 없이 캔버스에 처바르는 일은 위대하고도 미친 화가, 반 고흐의 유전자를 헌혈 받은 세상 모든 화가들의 업은 아닐까? 그런 생각을 하기도 한다.

언젠가 본 다큐 영상에서 1980년부터 8년 동안이나 지속되었던 이란 이라크 전쟁 당시, 전쟁을 부추기는 이란 국영 방송

프로그램 아나운서의 나른한 목소리가 생각난다.

"젊음이여 장렬히 순교하라. 오직 하나뿐인 우리의 신 알라를 위하여." 나른한 그 감정 없는 목소리가 절망과 허무의 기억으로 저장되어 나 자신의 목소리가 되기도 한다. 영상 속에서 자식과 남편을 잃은 검은 히잡을 쓴 여인들의 풍경은 까마귀들의 풍경처럼 강렬하고 스산했다. 소년병들, 그들이 지금 살아 있다면 어디서 무엇을 하고 있을까? 전쟁은 언제나 시작보다 끝내기가 더 어렵다. 세상의 소년병들이여! 나는 '짐노페디'를 들으며 돌아오지 않은 소년병들이 거대한 대리석 바닥 위에서 춤을 추며 미끄러지는 걸 상상한다.

어제는 꿈을 꾸었다. 남편과 함께 열기구를 타는 꿈이었다. 나는 열기구를 세상에서 제일 좋아한다. 멀리서 바라보기만 해도 설렌다. 세상에서 가장 로맨틱한 아날로그적 선물, 천일 간의 여행을 떠오르게 하는 열기구, 우리는 가끔 높은 곳에 올라가 세상을 내려다보아야 한다. 우리가 얼마나 작은 존재인지, 세상은 얼마나 아름다운지, 미움이란 또 얼마나 덧없는지 알기 위하여. 내 남편 마르셀 프루스트가 내 어깨를 감싸 안은 채,

선선한 새벽공기 속에서 열기구를 타고 내려다본 꿈속의 풍경은 언젠가 가본 적 있는 아름다운 터키의 카파도키아 계곡이나 미얀마의 신비한 사원들의 풍경이 아니라 참혹한 전쟁터의 풍경이었다. 말도 안 되는 말이지만, 전쟁터조차 멀리서 보면 예술이다. 아니 전쟁터야말로 제대로 예술이다.

전쟁터에서 절대적 죽음을 경험하는 어린 병사들의 악몽의 순간들을 상상한다. 어차피 삶은 꿈이다. 그중에서도 전쟁의 시간은 가장 나쁜 꿈이다. 어쩌면 운 나쁜 사람들은 지독한 악몽을 경험한다. 다행히 꿈속에서 우리는 열기구를 타고 전쟁터의 풍경을 구경했다. 사는 동안 전쟁을 한 번도 겪지 않고, 꿈속에서 텔레비전에서 영화 속에서 전쟁의 풍경을 바라보는 구경꾼으로 살다가는 삶은 얼마나 행운인가?

그날 아침 눈을 뜨니 남편은 집에 없었다. 작업실 구석 책상 위에 남편의 노트북이 켜진 채, 짧게 쓴 일기들이 눈에 들어왔다.

"또 오늘이다."

"죽음을 두려워하지 않는 자는 죽은 자들뿐이다."

"프루스트, 그런 책 제목이 있었지? 아니 작가던가?"

"매일 작업을 시작할 때의 하얀 불안, 페널티킥 선상에 선 골키퍼의 불안 같은."

"모자를 벗어야겠다 하면서 안경을 벗고, 울고 싶은데 웃고 있는 나."

내 남편, 마르셀 프루스트가 사라졌다.

3.

남편은 며칠째 돌아오지 않았다. 세상의 모든 분실물을 모아 놓은 곳이 있다면, 그곳에서 잃어버린 남편을 찾을 수 있을까? 우리들의 잃어버린 시간을 찾을 수 있을까?

갈 만한 곳을 다 수소문해도 보았다는 사람이 아무도 없었다. 경찰에다 실종신고를 하고 마음을 비운 채 기다린다. 마음은 그렇게 쉬 비워질 수 있는 걸까?

모든 살아있는 존재는 상처받기 마련이다. "상처받는다. 고로 존재한다. 상처를 준다. 고로 존재한다.", 나는 마음을 비우기 위해 낱말 놀이를 한다. 나도 모르는 사이 남편에게 어떤 치명적인 상처를 준 건 아닐까? 나는 슬픈가? 아니 나는 무섭다. 이런 식의 상실감은 처음 느끼는 감각이다. 내 불안한 마음의 틈 사이로 어디선가 낯선 벌레 한 마리가 출몰한다. 문득 나는 이 벌레가 사라진 남편일까 봐 겁이 난다. 하루아침에 벌레로 변한 카프카의 '그레고르 잠자'보다 훨씬 고색창연한 '마르셀 프루스트' 벌레, 이어서 바퀴벌레 한 마리가 출몰한다. 바퀴벌레를 없애려 난리를 치는 사이 프루스트 벌레는 사라지고 없다. 살충제를 잔뜩 뿌려 뒤집혀 버둥거리는 바퀴벌레를 화장실에 흘려보내고 뭔가 할 일을 했다는 안도감을 느낀다. 왠지 마음이 차분해진다. 나는 가끔 어떤 벌레를 죽이고 어떤 벌레를 살려두어도 좋은지 고민하곤 한다. 어릴 적 할머니에게 처음들은 불교에서의 '분별 망상'이 떠오르는 순간이다. 하지만 우리가 분별없이 어떻게 살아갈 수 있을까? 우리는 죽는 순간까지 분별하고 선택하며 살아간다. 나의 선택, 나의 사랑, 내 남편 프루스트는 도대체 어디 있는 것일까?

열흘이 지난 후 남편은 관광객을 잔뜩 실은 대형 유람선 안에서 쓰러진 채 발견되었다. 그리고 자신이 누군지 아예 잊어버렸다. 말로만 듣던 기억상실, 그는 이제 자신의 이름을 기억하지 못한다. 왜 어떻게 무슨 이유로 그는 집을 떠나서 유람선을 탄 것일까? 유람선이 마치 그의 집이었던 것처럼 몇 날 며칠 머물다가 쓰러진 채 편안하게 누워 있었다. 나는 문득 우연히 옆자리에 앉아 같이 본 영화 '피아니스트의 전설'이 떠올랐다. 여운이 긴 영화가 끝나고 난 뒤에도 울면서 계속 앉아있는 옆자리의 내게 손수건을 건네던 모르는 남자가 영화 속의 피아니스트와 닮았다는 생각이 스쳐 지났던, 처음 그를 본 순간도 함께 떠올랐다. 그리고 잊히지 않는 영화 속의 독백도 다시 떠올랐다.

　"나는 이 배에서 태어났어. 그리고 나는 여기서 행복했어. 무한하지 않은 건반을 치며. 피아노 건반은 시작과 끝이 있지. 88개의 유한한 건반을 가지고 우리는 무한한 음악을 연주해. 내가 두려워하는 건 끝이 보이지 않는 세상이야. 배 밖의 세상은 끝이 없는 무한한 건반이지. 그건 내가 연주할 수 없는 음악이야. 육지는 내겐 너무 큰 배, 너무 아름다운 여인, 너무 긴 여행이고, 너무 강한 향수, 연주할 수 없는 음악이야. 난 절대 이 배에서 내릴 수 없어. 꼭 필요하다면 내 삶에서 내리겠어."

　어쩌면 내 남편 프루스트는 먼 전생에서, 어느 낯선 혹성의 시공간에서, 영화 속의 그 배에서 태어나 버려진 뒤 한 번도 배 안을 떠나지 않고 살다가 세상을 떠난 그 피아니스트가 아니었을까? 그러던 잠시 나와 함께 살다가 배 안으로 돌아갔던 건 아닐까? 폐허가 된 배 안에 남아 피아노도 없이 허공에 피아노 건반을 치는 대신, 캔버스에 그림을 그리던 나의 연인 마르셀 프루스트, 당신이 너무 아름다워 현기증이 나는 그런 여자가 아니라서 더욱 사랑한다던, 네스프레소 캡슐 안에 저장된 우리들의 시간도 그는 이제 기억하지 못한다. 더구나 그림을 그릴 줄도 모른다. 집으로 돌아온 그는 순한 얼굴로 나를 바라본다.

"당신은 누구이며 나는 누구인가요?" 그래서 내가 답한다. 당신은 '마르셀 프루스트'라는 화가이며 나의 남편이라고. 그가 하라는 대로 내가 했듯이 이번엔 내가 하라는 대로 그가 캔버스에 밑칠한다. 낯선 빨간색, 낯선 노란색, 낯선 파란색, 낯선 초록색, 낯선 내 남편 프루스트, 그리고 제일 낯선 나.

나는 남편이 밑칠한 캔버스 위에 남편이 그리던 그림 비슷하게 흉내를 낸다. 추상화는 얼마나 아름다운가? 화가가 아니라 해도 그 곁에서 매일 구경만 해도 눈썰미가 있는 사람이라면 추상화를 그릴 수 있다. 추상화의 아버지 칸딘스키는 1910년 어느 날 우연히 거꾸로 놓인 그림을 보고. 점과 선과 면과 구도, 색채만으로 훌륭한 작품이 될 수 있다는 생각이 들었다. 그렇게 태어난 칸딘스키의 추상화는 현대미술의 혁명이었다. 처음 추상화를 그린 사람은 얼마나 용감한 것일까? 누가 뭐라 하든 개의치 않는 모든 시작은 아름답다.

어쩌면 세상에 완전히 새로운 것은 없다. 사실 미술의 영역에서 추상이 구상보다 먼저일지도 모른다. 어느 원시인이 땅 위에 맨 처음 그린 낙서는 점과 선과 면의 흔적일 것이다. 갓난 아이가 그어놓은 동그라미처럼. 남편의 그림은 칸딘스키보다는 몬드리안에 가깝다. 경쾌하고 질서정연하고 철학적이다.

몬드리안은 나무를 그리면서 불필요한 것들을 제거해 나가다가 절대적이고 추상적인 현대적 풍경을 그려냈다. 아름다운 형식과 질서의 세계, 때로 세상이 몬드리안의 그림처럼 보일 때가 있다. 나는 내 마음의 풍경을 구상이 아닌 추상으로 그려본다. 하긴 어릴 적 나는 그림을 그리길 좋아하는 아이였다. 하지만 하얀 종이 위에 처음 선을 긋는 일이 늘 두려웠다. 막상 계속 그리다 보면 행복해지는 그림 그리기, 하지만 내가 그림을 그리는 어른이 되리라고는 생각하지 못했다. 내가 그린 완성된 그림 위에 내 남편 프루스트는 아이처럼 신이 나서 삐뚤삐뚤한 글씨로 '마르셀 프루스트'라고 사인을 한다.

어쩌면 내가 가장 좋아한 일은 에릭 사티의 '짐노페디'를 들으며 번역도 밑칠도 아닌, 그림을 그리는 일은 더욱 아닌, 오전 열 시 혹은 오후 두 시경 네스프레소 커피 한 잔을 마시며 아무 생각 없이 남편의 그림을 바라보거나 요즘 심취한 가즈오 이시구로의 섬세한 망으로 짜인 문장들을 읽는 일이다. 무책임한 산책자, 그처럼 행복한 사람이 있을까? 음악을 듣고 책을 읽거나 영화를 보며, 돈을 버는 노동을 하지 않아도 살 만한, 또한 뭔가 해내거나 이루려는 욕심 또한 없는, 그러면서 환한 마음과 평온을 유지하는 사람, 어쩌면 어릴 적 내 꿈은 그런 것이었던 것 같기도 하다. 그래서 빨리 늙고 싶었다. 아무리 읽어도 끝이 나지 않는 밑도 끝도 없는 책, 프루스트의 『잃어버린 시간을 찾아서』를 만난 뒤부터, 그 섬세하고 방대한 책을 누구보다 훌륭하게 새로 번역하고 싶은 열망으로 나는 시간이 지나가는 숨소리를 아무렇지 않은 듯 평화롭게 들을 수 없게 되었다. 그리고 어쩌면 이건 내 운명의 암시일지도 모른다. '마르셀 프루스트'의 소설이 아닌 내 남편 '마르셀 프루스트'의 그림을 번역하라는.

언제까지 내가 남편의 그림을 그릴 수 있을까? 그리고 나는 누구일까? 이 그림이 '무슈 프루스트'가 아니라 '마담 프루스트'가 그렸다는 사실을 아는 이는 아무도 없다. 내년에는 전시가 열릴 예정이고, 내가 그린 그림과 남편이 예전에 그린 그림들을 나란히 걸을 것이다.

내 남편 프루스트는 묻는다.

"나는 누구인가요?"

그래서 나는 답한다.

『잃어버린 시간을 찾아서』라는 대작을 쓴 '마르셀 프루스트'라는 소설가라고. 그리고 나는 남편에게 『잃어버린 시간을 찾아서』를 펼쳐준다.

내 남편 프루스트는 생애 처음으로 그 책을 읽기 시작한다.

'제1편 스완네 집 쪽으로-스완의 사랑'을.

프루스트 책방

1.

'쿼런틴', 나는 이 단어가 마음에 든다. 어쩌면 나 같은 종류의 인간은 종일 책을 읽고 영화만 보아도 평생이 짧게 느껴지는 그런 부류다. 초등학교 시절 수업 시간에 내가 했던 일은 알고 보니 명상이거나 멍때림이었다. 하긴 멍때림 대회가 생긴 지도 오래되었다. 정말 세상은 한 치 앞도 알 수 없다, 어쨌든 초등학교 시절, 다른 아이들도 다 나 같으려니 생각했다. 그 지루하고 밑도 끝도 없는 선생님의 강의 내용을 진짜로 경청하는 아이들이 있을 수 있단 말인가? 수업을 전혀 듣지 않으니 나는 시험공부 하는 데 늘 시간이 걸렸다. 교과서와 참고서를 들여다보면 다 처음 보는 내용이었으니까. 성적이 나쁘지 않았던 걸 보면 집중력이 없는 편도 아니었다. 예컨대 나는 요새 같은 '쿼런틴' 시대에 맞는 유형의 인간으로 태어났다. 엄마 뱃속이야말로 최초의 '쿼런틴'이 아니던가? 자가 격리와 은둔의 시대, 드디어 내가 바라마지않던 시대가 도래한 것이다. 나는 이 '쿼런틴' 시대가 끝나지 않기를 속으로 은근히 희망했다.

역사상 방에서 나오지 않는 자기만의 세계 속에서 사는 사람

중 훌륭한 사람들이 많았다는 건 알려진 사실이다. 그중에서도 『잃어버린 시간을 찾아서』를 쓴 '마르셀 프루스트'는 대표적인 '쿼런틴' 인간형이다. 은둔형 외톨이가 소수가 아니라 다수가 되어 드디어 정상이 되는, 최초의 자가 격리 인류가 시작되는 것은 아닐까? 혹은 소수 성애자의 숫자가 늘어 어느 날 소수 성애자라는 말 자체가 없어질지도 모른다. '셀프 쿼런틴' 인류는 왠지 네안데르탈인이나 다른 사라진 인류의 종들보다 멋지게 들린다.

오랜 세월 신문밖에 모르는 기자였던 우리 아버지는 신문사를 그만둔 뒤 지금의 서촌에 헌책방을 차리셨다. 그 주변의 누상동 누하동 체부동 내자동 사직동 효자동 통의동 옥인동 필운동 등은 어릴 적 내 친구들의 집들이 있었던 정겨운 제목의 동네들이다. 책방 한구석에 프루스트의 『잃어버린 시간을 찾아서』가 꽂혀있었고, 어린 내 마음속에 그 제목이 아로새겨졌다. 어른이 되어서도 끝까지 읽은 사람이 몇 명이나 될지 모를 그 책이 왜 내 머릿속에 남아있는지 늘 궁금했다.

하지만 이제는 안다. 너무 길고 방대해서 다 읽지는 못할지라도 그 제목에 우리의 생이 다 녹아있기 때문이라는 걸. 평생의 직업인 신문기자를 그만두고 헌책방을 차린 아버지는 생의 남은 시간을 책 속에서 살다 가셨다. 아버지는 자신이 원하던 시간을 잠시나마 되찾았던 것일까? 하지만 누군들 잃어버린 시간을 되찾을 수 있단 말인가?

시인이 되고 싶던 나는 대학을 졸업하자 중소기업에 취직했다. 내가 동네의 그 헌책방을 이어받으리라고는 생각하지 못했다. 아버지 옆에서 많이는 아니라도 몇 권이나마 책이 팔리고 새로 들어오고 하는 걸 돕던 여동생이 한국 문학을 공부하러 온 독일인과 결혼해 떠났다. 그러던 어느 날 아버지가 지병으로 쓰러지신 뒤 할 수 없이 내가 그 책방을 물려받았다. 아버지가 늘 앉아계시던 책방을 차마 닫을 수가 없었다. 아버지의 책방은 제목이 없었다. 그냥 '책방'이었다. 지금 생각하니 미니멀한 좋은 제목인 것 같다. 내가 그 책방을 '시간 서점'으로 바꾼 것도 어린 시절 헌책방 구석에 늘 놓여있던 『잃어버린 시간을 찾아서』의 잔상 때문일 것이다. 멍때리며 헌책방에 앉아 생각에 빠지거나 아무 생각 안 하거나 시를 끄적거리거나 하는 책방 속의 시간은 마치 초등학교 시절의 수업 시간처럼 나만의 쾌적한 자가 격리의 세상이다.

책방 운영은 현실적으로는 그리 수지가 맞지는 않지만 신선하고 맛있는 커피를 팔기도 해서, 헌책을 구경하러 오는 오래된 단골부터 커피를 마시러 온 젊은 손님들로 조용히 북적인다. '프루스트 책방'이라고 이름붙이고 싶었지만 금호동 어딘가에 '프루스트의 서재'라는 독립서점이 이미 있다는 걸 알게 되었다. 독립서점, 독립출판, 독립영화, 등등, 독립이라는 말이 독립운동에서 유래한 것일까? 어쨌든 그곳에서 프루스트 낭독회를 한다는 것도 알게 되었다. 내가 한발 늦었다. 그곳에 꼭 가보고 싶다. 그 낭독회에 가면 아름답고 낮은 목소리로 영원히 다 읽지는 못할 『잃어버린 시간을 찾아서』를 읽는 내 첫사랑이 기다리고 있을 것만 같다. 이 세상엔 같은 생각 같은 꿈을 꾸는 사람들이 반드시 있다. 우리들이 연대한다면 참 아름다운 세상이 열릴지도 모른다. 하지만 결코 쉽지 않은 일일 것이다. 모두가 평등한 진정한 공산주의가 존재하기 어렵듯, 사이비 공산주의도 사이비 사회주의도 사양하겠다. 그냥 따로따로 잘 살면 될 일이다.

책을 사러 가끔 오는 한 여자의 인상이 첫사랑 그녀와 닮아 데이트를 시작했고, 나를 무척 좋아하는 그녀가 결혼을 원해서, 좀 비겁한 이유이긴 하지만 사실이다, 목련이 뚝뚝 떨어지던 늦봄 어느 날에 결혼했다. 그리 기대하지 않았던 결혼이라 결혼생활은 그리 나쁘지 않았다. 나쁘지 않다는 건 그녀가 나의 쿼런틴 생활에 전혀 방해되지 않는다는 뜻이기도 하다. 우리는 서로의 쿼런틴을 방해하지 않을 뿐 아니라 격려하고 이해하고, 서로 상처주지 않는다는 규칙에 사인을 했다. 아내도 나도 손님이 없는 날에는 조용히 하루 종일 책을 읽는다.

날씨 좋은 날에는 폴란드 작가 '올가 토카르추크'의 소설 '방랑자들'이 생각난다. 어느 페이진가 "태양이여 책을 읽어라." 그 구절이 하루 종일 떠오른다. 아마 그 구절은 홍수에 책이 다 젖어버린 도서관의 이야기였던 것 같다. 태양이 책을 읽어야 젖은 책들이 마를 테니까. 내게 가장 영향을 미치는 존재도 아마 태양일 것이다. 날씨좋은 날에는 한없이 행복하고 날씨가 나쁜 날에는 한없이 불행한 유형, 쿼런틴 인간, 하지만 앞으로 나는 날씨에 그렇게 영향을 받지 않는 인간이 되고 싶다, 우리 모두는 시간의 뗏목을 붙들고 떠내려간다. 어느새 뗏목도 사라지고 마냥 떠내려간다. 우울증이란 자신에게 아니 누구에게나 주어진 사형선고를 잊지 못하는 병이다.

『잃어버린 시간을 찾아서』, 그 제목을 떠올리면 피겨 스케이팅 선수였던 나의 첫사랑이 떠오른다. 나는 늘 그녀와 함께 춤추는 남자 피겨 스케이팅 선수가 되고 싶었다. 부모님께 이야기를 꺼내면 늘 야단을 맞았고, 나는 상상 속에서 내게는 불가능한 세계인 얼음 위에서 영원히 미끄러지고 싶었다. 그녀는 백조의 호수에서 마법이 걸려 백조로 변한 공주였고, 안데르센의 인어공주였으며 겨울 왕국의 주인공이었고 내 영원한 사랑이었다. 나는 그녀와 함께 빙판을 미끄러지는 대신 시를 썼다. 나의 얼음공주여, 그녀는 내 기억 속에서 영원하다. 나이 들어 결혼해서 아내와 사랑을 나누는 동안에도 나는 그녀가 빙판 위에서 미끄러지는 장면을 떠올렸다. 그녀는 새처럼 빙판 위에서 날았다. 나는 늘 그녀의 하얀 어깨 위에 키스하고 싶었다.

나는 늘 그녀를 바라보는 뭇 사내아이들의 시선에 질투를 느꼈다. 그녀는 난다. 그녀는 새보다 빠르고 새보다 우아하다. 다음 순간 그녀는 빙판 위에서 넘어지고 영원히 열여덟에 머물

렀다. 내 사랑, "내가 빙판 위에서 날기 시작하면 네가 꼭 바라
봐 줘야 해." 그렇게 말하는 것만 같던 너는 이 세상 사람이 아
닌지 오래지만 나는 아직도 너를 잊지 못한다. 네가 얼음 위를
한 발자국 지쳐 나갈 때마다 느끼던 그 하나가 된 느낌은 어른
이 된 내게 다시 찾아오지 않았다. 오래전 어느 유명한 피겨 스
케이팅 선수를 텔레비전에서 처음 보았을 때, 순간 나는 그녀
를 질투했다. 네가 살아서 계속 얼음 위를 미끄러졌다면 그처
럼 될 수도 있었을 테니까.

강렬한 빨간 드레스를 입고 빙판 위에서 춤을 추는 그녀의
환생을 본 건 동생의 초대로 한 달 간 머물렀던 베를린 시내 실
외 스케이트장에서였다. 허공에서 뱅글뱅글 돌고 또 돌다 날아
오르던 그녀의 기억. 그 순간 나는 오래전에 본 '빔 밴더스'의
영화 '멀고도 가까운so close, faraway' 속의 대사가 떠올랐다.

"네가 영웅이면 네 시간도 영웅이다.
네가 창녀면 너의 시간은 속임수다.
네가 예술가면 너의 시간은 창조주다.

아직도 지금이다.

좋은 생각은 늘 너무 늦게 떠오른다."

— '멀고도 가까운', 빔 밴더스

2.

해마다 장마가 오면 책이 습해지는 걸 막기 위해 하루 종일 제습기를 틀어놓는다. 엄청 난 양의 물이 제습기의 저장 용기에 고이는 걸 보면 무서운 생각이 든다. 도대체 우리 안에 얼마나 많은 양의 눈물이 있는 걸까? 겨울엔 그 많은 양의 눈물이 두껍게 얼어붙겠지. 우리들의 마음도 그럴 것이다. 어느 다큐 영화에서 본 이런 구절이 생각난다. "나의 눈물을 모아 식물에 물을 주자." 아버지는 평생 사 모은 수없이 많은 책을 남기고 가셨다. 이 아날로그적 유물인 오래된 책의 상업적 가치에 대해 나는 회의적이다, 내가 죽고 또 다른 세대들이 계속 죽고 나면 이 책들의 운명은 어떻게 될까? 이름없는 시인인 내가 쓴 시들은 또 어떻게 될까? 아버지가 남긴 책 외에도 재산이라고 생각해도 좋을지 모를 그림들이 책방 창고에 가득 쌓여있다. 이른 나이에 세상을 떠난 삼촌의 그림들이다. 결혼도 하지 않고 자식도 없었기에 그 그림들은 고스란히 나와 동생에게 남긴 삼촌의 유산이거나 짐으로 남았다. 경매에 내다 팔아볼 생각으로 경매회사에서 일하는 친구 놈한테 부탁을 해봤지만 무명 화가라 받아주지도 않았다. 그리하여 나는 수많은 책과 수많은 그림을 소유한 나 홀로 부자가 되었다. 시간에 관한 최고의 철학자인 프루스트라면 이런 종류의 재산을 어떻게 관리할 것인가? 어쩌다 눈에 띄는, 길가에 어지럽게 놓여있는 낡은 장식장 대형거울과 식탁과 의자 집안 소도구들, 한 생을 마감한 사람의 유품일지 모를 그 물건들은 또 다 어디로 갈까? 사람의 한 생보다 물건은 훨씬 오래 남는다.

쉰에 세상을 떠난 삼촌은 이름이 나지는 않았지만, 친구들 사이에는 천재로 통했다. 세상 떠난 다음 해 아버지는 삼촌의 그림들로 전시회를 열었다. 아버지의 기자 인맥으로 "별을 그린 화가 별로 떠나다." 그런 식의 꽤 큰 기사들이 실리기도 했지만 삼촌은 다시 긴 무명의 세계 속에 묻혔다. 삼촌이 세상을 떠난 뒤 유품을 정리하다가 일기에 적힌 이런 구절을 발견했다.

"내가 화가로서 지구가 멸망하기 전까지 내 작품들이 남기를 바라는 건 최선을 다해 기른 자식들이 제 몫을 하고 살길 바라는 어머니의 마음에 다름 아니다. 예술가는 성공해야만, 죽은 뒤까지 자신이 만든 작품들이 쓰레기가 되지 않을 수 있는 참을 수 없는 무거움의 존재들이다. 동시에 창조라는 기쁨을 지닌 드물게 행복한 존재들이기도 하다."

삼촌의 일기는 몇날 며칠 내 마음을 무겁게 만들었다. 지구가 멸망할 때까지는 내다 버릴 수 없는 그림들이여. 도대체 지구의 수명은 얼마나 남은 것이냐? 지난 시간보다는 많이 짧은 시간일지 모른다. 다른 고대 동물들이 멸종한 것처럼 인간이라는 종도 멸종 가능하다고 과학자들은 예언하고 있으니까. 사실 지구가 어느 먼 미래에 멸망한다면, 유명작가든 무명작가든 별 차이도 없을 것이다. 그저 행복하게 잘 지내는 사람이 이기는 사람이다. 비싼 가치를 지닌 상품성과 쓰레기 사이에도 별 차이는 존재하지 않을 것이다. 그러니까 힘을 빼고 행복하게 시를 쓰는 거다.

하지만 행복한 자가 시를 쓴다는 말을 들은 적이 있는가? 남들에게 보이는 쇼윈도우 행복과 달리 스스로 느끼는 행복은 절대 주관이다, 아버지가 남긴 오래된 책들과 삼촌의 그림들과 내가 쓴 시들 중 그 어느 하나라도 운이 맞아떨어져, 상상도 할 수 없는 막대한 자산가치가 되는 꿈을 오늘도 버리지 않기로 한다. 이건 희망이거나 망상이 아니라 그냥 취미다. 어쩌면 진짜 좋은 시는 작가 미상이다. 우리는 기록할 뿐이고, 나머지는 신의 의지다, 이것도 내가 하는 소린지 어디서 들은 소린지 조차 구분이 가지 않는다. 오스카 와일드는 이렇게 말했다.

"대부분의 사람은 자기 자신이 아닌 다른 사람이다. 그들의 생각은 다른 사람의 의견이고 그들의 삶은 모방이고 그들의 열정은 인용이다."

쿼런틴 시대에도 시간은 단 일 분도 정지하지 않는다. 여전히 우리는 시간의 급류에 휩쓸려 떠내려간다. 베를린에서 본 내 첫사랑을 빼닮은 얼음 위의 발레리나, 그녀를 보러 다음날도 또 다음날도 갔었지만 다시는 그녀를 보지 못했다. 그녀의 기억은 오래전에 지구를 떠난 내 첫사랑과 맞물려 내 머릿속의 작은 방 하나에 살고 있다. 그리고 그녀가 기적처럼 우리 책방에 들어선 건 베를린 거리의 야외 스케이트장에서 그녀가 번개가 치듯 빠르게 내 눈에 들어왔다 사라진 뒤 한 삼 년은 지난 어느 모호한 계절의 한낮이었다.

그녀는 어눌한 한국어로 프루스트의 『잃어버린 시간을 찾아서』 한국어 번역판이 있는지 물었다. 한국 영화를 좋아해서 한국 유학을 왔다가 코로나로 발이 묶였다 했다. 동양적인 얼굴이 섞인 그녀를 가까이 보니 내 첫사랑 그녀가 어른이 된 이미지와는 많이 다를 것 같았다. 어쩌면 내가 빙판 위에서 본 그 사람이 아닐지도 몰랐다. 하긴 현실과 꿈과 영화와 끝없이 이어지는 넷플릭스 드라마의 장면이 구분이 안 되는 시대에 우리는 살고 있다. 그녀는 『잃어버린 시간을 찾아서』를 한국적이고 프랑스적이며 독일적이기도 한 영화를 만들고 싶다고 했다. 길을 가다가 '시간 책방'이라는 이름이 맘에 들어 들어왔다고 했다. 그래서 내가 문득 물었다. 혹시 피겨 스케이팅을 좋아하냐고. 그녀는 깜짝 놀란 듯 그걸 어떻게 아냐고 물었다. 어릴 적 피겨 스케이팅 선수였다며, 지금도 프로는 아니지만 혼자서 얼음 위에서 춤추는 걸 좋아한다고 했다. 얼음 위에서 영원히 춤을 추는 건 이루지 못한 그녀의 꿈이라고도 했다.

실제로 『잃어버린 시간을 찾아서』는 마지막 권 '되찾은 시간'이라는 제목으로 1999년에 칠레 프랑스 포르투갈 합작으로 영화화되었다. 임종을 앞둔 '마르셀 프루스트'는 옛 사진들을 보며 지난 인생을 되돌아본다. 하긴 잃어버린 시간은 어느 나라에나 어느 시대에나 어느 누구나의 머릿속에도 압축 이미지들로 남아있을 것이다. 그래서 한국어를 어눌하게 조금 하는 그녀와 영어를 어눌하게 조금 하는 나는 대충 영어 구십 프로에 한국어 십 프로로 이야기하는 친구가 되었다.

내가 그녀를 사랑했을까? 어쩌면 사랑은 천천히 싹트는 게 좋다. 그것이 가능하다면. 우리가 섹스를 꿈꾸었을까? 나는 아내를 사랑한다는 생각을 한 번도 해본 적이 없다. 마치 집안의 기능성이 우수한 냉장고나 튼튼한 책장처럼 아내는 그저 내 옆에 있는 존재이다. 나는 가끔 아내와 섹스한다. 오래된 관계의 섹스는 섹스로 통용되는 단어가 갖는 자유와 설렘과 두려움을 상실한다. 마치 호흡이 잘 맞는 상대와 탁구나 배드민턴을 치는 것처럼 오래된 습관이 된 두 사람의 섹스가 가능하다면, 사실 그것처럼 안전하고 포근하고 좋은 것도 없다. 많이 늙어서도 그런 상태를 공유하는 부부라면, 더 이상 사랑하는 사이란 없을지도 모른다. 여러 가지 이유로 지구상의 그런 커플들은 그리 많지 않을 것 같다. 육체적 운동이 아니라 정신적 운동이라도 호흡이 맞는다면, 그들은 외로움이란 절대 무적을 물리친 행운아들이다.

아내와 함께 있을 때, 내가 외로움이라는 천하무적을 물리친 기억은 없다. 넷플릭스 영화를 보다가 이런 독백을 듣고는 깜짝 놀랐다. 마치 내가 하는 말처럼 들렸다. 정확한 워딩은 아니지만 대충 이런 말이었다. "매일 집에 돌아온다. 달에 착륙하는 기분으로. 아내 혹은 아내 형상을 한 외로움이 나를 기다리고 있든 아니든 매 순간 늙어간다. 그리고 죽을 것이다."

'아내 형상을 한 외로움', 이처럼 정확한 말의 조합이 있을 수 있단 말인가? 내가 인위적으로 떠올리는 늙어보지도 못하고 세상을 떠난 첫사랑, 그녀를 닮은 이다, 나는 그 둘을 합친 이미지를 통해 천하무적 외로움을 때려눕히려는 것일까? 그녀는 어눌한 한국어로 때로 이렇게 말한다. "고통은 나에게 주고 행복은 당신이 가져요." 역시 어디선가 들은 말 같다. 하도 영화를 많이 봐서 내 생각인지 남의 생각인지 구분이 가지 않을 때가 많다. 이를테면 "시간은 네 모든 열정을 다 합한 것보다 힘이 세다." 하루 종일 머릿속을 맴도는 이 문장이 내 머릿속에서 나온 건지 내 맘 같아 적어놓은 영화 속의 대사인지 구분이 가지 않는 것이다. 어쨌든 영화나 드라마 속에는 불륜의 내용이 많기도 하다. 불륜을 주제로 한 드라마들을 볼 때 인류란 참 귀여운 피조물이라는 생각이 든다. 인간은 자기들끼리 정해놓은 삶의 규칙에 따라 불륜이라는 부정한 단어를 만들어냈다.

남들 모르게 둘이서 하는 사랑, 불륜이란 가슴 두근거리는 감정의 유희 혹은 몰입, 불안과 절망과 행복과 쓸쓸함 사이의 간주곡쯤으로 해두자. 하지만 그런 일탈은 그저 쓸데없는 감정과 시간의 낭비일 뿐, 나이 들어 편안해져서 다행이라는 생각이 자리 잡을 즈음에 이다가 책방 문을 열고 들어선 것이다.

　그날 이후 가끔 아니 매일 이다를 만나고 싶다는 생각이 들지만, 전화하지 않는다. 터무니없이 그녀의 전화를 기다린다. 마스크를 쓰고 거리를 걷는다. 비가 오기 시작한다. 비오는 날 우산을 쓰고 앞서가는 두 사람의 대화를 어쩌다 엿들을 때, 하필이면 두 사람 중 한 사람이 "당신을 더이상 사랑하지 않아요. 헤어져요," 뭐 그런 내용일 때, 마치 영화 속 같은 그런 비오는 날의 풍경은 왠지 영어로 들어야 실감이 날 것 같다. "I don't love you anymore." 언젠가 진짜 그런 말을 엿들은 기억이 있다. 언젠가 뉴욕에 사는 친구를 만나러 갔을 때, 맨해튼 34번가 메시 백화점 앞에서 우산을 쓰고 걸어가는 커플 중 여자가 갑자기 총을 쏘듯 내던진 단말마의 비명 같은 소리, 그게 바로 "I don't love you anymore."였다.

　그런데 그 문장이 이십 년이 지난 지금, 마치 내가 직접 들은 것처럼 내가 마치 총에 맞은 것처럼 아직까지도 기억 속에 사무치게 남아있는 것이다. 어쩌면 간접 경험이 직접경험보다 더 강렬하게 남을지도 모른다. 잊고 싶은 자신의 기억은 깊숙이 숨겨두고 훔쳐본 남의 기억만 자꾸 들춰보는 건지도.

"I hate you."보나 훨씬 슬픈 문장, "I don't love you anymore." 이 말은 다시 하지도 듣지도 말일이다. 이런 쓸데없는 생각들은 나를 행복하게 한다.

"신이시여. 오늘도 별처럼 빛나는 불륜을 꿈꾸며, 지구 호텔의 침대에서 편안히 머물렀습니다. 아멘."

3.

금요일 오후 전화벨이 울린다. 이다의 전화다. 우리는 서로 서툰 영어로 이야기한다.

어떻게 지내는지, 책방 운영은 여전한지, 한국말 실력은 늘고 있는지, 빤한 이야기를 나눈 뒤 언제 한번 책방에 들르겠다는 그녀의 말과 함께 통화가 끊긴다. 내가 하고 싶던 말은 "보고 싶다", 뭐 그런 느낌의 말이었다. 아내는 책방 의자에 정물처럼 앉아 책을 읽고 있다. 그녀가 앉아있는 의자 뒤쪽으로 주문한 물건들이 가득 쌓여있다. 코로나 시대를 핑계로 아내는 매일 무언가를 주문한다. 그녀를 보고 있으면 "나는 주문한다. 고로 존재한다." 뭐 그런 생각이 든다. 나는 그녀가 주문한 물건들 속에서 질식할 것 같은 기분이 든다. 그중에 한 종류가 LP 레코드 음반이다. 샀던 걸 또 사는 것 같기도 하다. 아직 제대로 듣지 않은 음반은 얼마나 많은 것일까? 읽지도 않은 책들은 얼마나 많이 쌓여있는 것일까? 그때그때 눈에 들어오는 후보 연인들만 수두룩하게 모아놓은 가짜 바람둥이가 생각난다. 진짜 바람둥이는 헌책과 헌 음반들을 싫증날 때까지 실컷 읽고 듣다가 남을 줘버리는 사람일 것 같다. 게다가 내가 준 책과 음반들을 잘 보관하고 남에게 주지 말라는 부탁까지 덧붙이며. 아내와 나는 부딪치지 않고 아슬아슬하게 밤하늘을 유영하는 두 개의 혹성이다. 오늘따라 아무도 들어오지 않는 금요일 오후 다섯 시, 아내와 나는 책방 문을 닫고 근처의 음식점에 들어가 말없이 저녁을 먹는다,

　베트남 음식을 좋아하는 아내는 짜조, 분짜 등과 쌀국수 한 그릇을 주문한다. 말없이 우리는 음식을 입에 넣고 씹는다. 우리는 언제부터 이렇게 말이 없어진 걸까? 처음부터 이런 식은 아니었다. 눈물 나게 아내를 사랑한 기억은 없지만, 우리는 같은 영화를 좋아하고 같은 책을 좋아하며 별 것 아닌 일에도 자주 웃는 일이 많았다. 지금 우리는 같은 공간에서 말없이 조용히 움직이며 서로 다른 시간 속에 살고 있는 것만 같다. 이런 식으로 변한 건 정확히는 우리 사이의 소중한 딸아이가 다섯 살 되던 해에 사고로 세상을 떠난 뒤부터다. 나는 나의 슬픔이 아내의 슬픔보다 훨씬 부족하다는 걸 느낀다.

　세월이 흘러 점점 일상으로 복귀하는 나에 비해 아내는 아직도 낯선 혹성에 체류 중이다. 주문한 물건들 중에는 아이의 장

난감이나 예쁜 스웨터나 원피스 같은 것들도 있다. 그럴 때 나는 못 본 척 책장을 정리한다. 새로 나온 책들로 바꾸고 오래된 책들 중 뺄 건 빼고 놔둘 건 놓아두는 등 매일 다시 정리한다. 밥을 같이 먹으면서 말이 없는 가족은 참 외롭다. 따뜻한 말을 나누며 밥을 먹고 싶다는 생각 사이로 이다의 얼굴이 겹친다. 이럴 때 다시 전화벨이 울린다. 다시 이다의 전화다. 우리는 또 서툰 영어로 이야기한다. 이다는 갑자기 문득 책방에 들렀더니 문이 닫혀있다고 말한다. 나는 튀어가서 책방 문을 열고 싶지만 아내와 식사 중이라고 말한다. 이다는 다음에 또 들르겠다고 말하며 전화를 끊는다. 나는 전화를 끊고 싶지 않다. 그녀와 서툰 영어로 이런저런 이야기를 나누며 감자를 곁들인 독일 음식이나 스위스 음식 같은 걸 먹고 싶다. 아내와 나누던 모국어가 그리워지기도 한다. 아내와 나는 낯선 혹성의 말 없는 말로 대화한다. 그러고 싶지 않다. 그래도 괜찮다.

그런 식의 대화가 아내와 나 사이의 자연스러운 소통 법으로 자리 잡은 게 슬프기도 하고 편하기도 하다. 아내와 내가 가끔, 말이 없이도 따뜻함이 밀려와 기분 좋게 머무르는 곳은 홈 디자인 물품을 파는 가게이다. 특히 크리스마스 즈음, 왠지 그 안에 들어서면 한동안 아내와 나는 옛날로 돌아가는 기분이 된다. 멋진 커튼과 포근한 목욕가운과 파스텔 색조의 수건들과 와인 잔들, 어쩌면 아내에게는 책방이 아니라 홈 디자인 가게를 운영하는 게 어울릴 것도 같다. 나는 그 안을 어슬렁거리며 이다에게 선물로 줄 와인 잔을 혼자 다시 와서 살 생각으로 아이쇼핑한다. 아내는 향수와 세일 품목인 거울과 모래시계를 구경한다. 아내는 모래시계를 좋아하고 수집한다. 나도 모래시계를 좋아한다. 길쭉하거나 원형이거나 작거나 크거나 투명하거나 반투명의 은은한 파스텔 색조의 모래시계들, 모래시계가 가리키는 시간은 숫자판이 있는 시계가 가리키는 시간보다 포근하게 느껴진다. 왠지 천천히 흐르는 것만 같다.

아내가 잔뜩 고른 물건들을 계산하면서 나는 문득 이런 생각이 든다. 산다는 건 돈을 버는 것이다. 산다는 건 그 돈을 쓰는 것이다. 빚이 많다거나 죽을 때 돈이 많이 남는다는 것은 계산을 제대로 못 한 탓이다. 요즘의 아내가 살아가는 낡은 물건을 사는 것이다. 책을 팔아서 감당을 못할 정도의 쇼핑을 하는 것 같다. 문득 나는 이혼하고 싶어진다. 세상 떠난 딸아이의 아픈 기억만 아니라면 지금이 딱 이혼할 시간인 것 같다. 이곳을 떠나 이다와 함께 독일의 조용한 시골에서 책방을 내고 싶다는 엉뚱한 생각을 한다. 작고 분위기 있는 복층 건물에 독일어로 '잃어버린 시간을 찾아서'이거나 '되찾은 시간'이라는 제목의 간판을 달고, 근처에는 작은 스케이트장이 있는 곳에서 이다가 피겨 스케이트를 타는 모습을 보고 싶다. 내 첫사랑 그녀가 얼음 위에서 새처럼 나는 모습이 이다의 모습에 겹친다. 며칠 전 넷플릭스에서 본 '나의 문어 선생님'이라는 다큐 영화의 장면이 떠오른다. 우리는 세상의 모든 생물과 서로 교감할 수 있다. 심지어 정붙이면 문어와도 교감할 수 있다.

학명이 '옥토포스 벌가리스'인 문어는 고양이나 개와 비슷한, 지능이 가장 높은 연체동물이다. 사람들과의 사이에서 교감하지 못하고 늘 마음이 밖으로 도는 주인공은 거대한 바다에서 잠수하면서 문어에 심취하게 된다. 그는 문어처럼 생각하고 문어처럼 행동하는 법을 배운다. 문어는 인지력의 삼분의 이가 바깥 쪽 팔의 뇌에서 나온다. 문어가 그의 가슴에 탁 달라붙어 휘감으며 스킨십을 시작하는 장면은 압권이었다. 제각각 움직이는 이천 개의 빨판을 지닌 여덟 개의 팔은 마치 천수 관음상을 연상시킨다. 아니 일본 춘화도에 나오는 문어의 성적 판타지도 연상시킨다. 온몸을 휘감고 열린 곳마다 가득 채우는 문어의 팔과 손들, 나는 문어처럼 이다를 사랑하고 싶다. 얼굴이 서구적이면서 동양적으로 보이는 이다는 일곱 살에 입양되어 미국으로 갔다가 독일계 제약회사의 이사인 양부모를 따라 독일로 이주했다. 내가 베를린의 스케이트장에서 얼음을 지치고 있는, 내 첫사랑을 닮은 이다를 본 건 지금의 이다와 같은 사람일까? 그 장면이 현실인지 꿈인지도 사실은 불분명하다.

물건을 잔뜩 양손에 들고 가게를 나오며 나는 아내에게 이혼하자고 말한다. 아내는 뒤도 돌아보지 않고 내 앞에 서서 걷는다. 이혼하자는 나의 말은 말이 되어 나오지 않았나 보다. 아니 나는 결코 이혼하자는 말은 하지 못하고 말 것이다. 다음 순간 아내가 뒤를 돌아보며 말한다. "우리 이혼해요."

이 장면은 내가 늘 그렇게 두려워하던 그 풍경이다. "우리 헤어져요. 당신을 더이상 사랑하지 않아요." 내가 세상에서 제일 싫어하는 말, 영어로 하면 더 실감 나는 그 말 "I don't love you anymore."

내 이름은 이다. 한국 이름은 '김이다', 한국 이름과 독일 이름이 똑같다. 우리 부모는 내 이름을 왜 이다로 지었을까? 내가 한국에 온 건 엄마를 찾기 위해서였다. 내게 따뜻함의 기억을 심어준 우리 엄마, 나는 엄마가 떠준 목도리와 스웨터를 입고 미국행 비행기에 올랐다. 그때가 한국 나이로 일곱 살이었다. 어릴 적 동네 학교 운동장에 얼음이 얼면 나는 쌍둥이 언니 이레와 함께 얼음을 지쳤다.

우리는 동네 사람들이 눈을 못 떼고 구경할 정도로 얼음을 잘 지치는 쌍둥이 자매였다, 그러던 어느 날 아빠가 사고로 돌아가셨고, 엄마는 나를 낯선 곳으로 데려가 "이다야, 이다음에 너를 꼭 찾으러 올 거야." 했다. 그 말에 섞인 슬픔을 나는 지금도 잊지 못한다. "잠시 헤어지는 거야. 절대 이게 끝이 아니야." 한국어를 배운다는 핑계로 서울에 와서 나는 내 잃어버린 시간들을 찾아 헤맸다. 내가 서촌의 작은 동네들을 헤맨 것도 내 어린 시절의 기억이 맞닿아 있기 때문이다.

그러다 '시간 책방'이라는 서점에 들어서자 나는 왠지 그곳이 낯설지 않았고, 내가 살던 집이 이 근처였다는 아련한 기억이 떠오르는 것만 같았다. 책방 주인과 프루스트에 관해 이야기하면서, 잃어버린 시간에 대해 하염없이 긴 대화를 주고받았다. 나는 그가 언젠가 내가 읽었던 책의 한 페이지처럼 왠지 낯설지 않았다. 문득 이렇게 묻고 싶었다. "혹시 당신과 내가 서로 아는 사람인가요?" 아니 언젠가의 시간 속에서 인연 있었던 사람인지도 모른다고. 그렇게 많은 세월이 우리 곁을 그냥 스쳐 지나가고, 나는 지금 여기 잃어버린 시간을 찾아 헤매는 중이라고.

프루스트 헤어

1.

남편과 둘이 헤어살롱을 차린 건, 같은 미용실에서 일하다가 눈과 마음이 맞아서였다. 하긴 눈이나 마음이나 그게 그 소리다. 그는 나보다 경험 있는 미용사였고, 그 미용실 사장 언니의 애인이었다. 잡지꽂이에 누군가 꽂아놓고 간 두꺼운 책의 저자 이름이 기억에 남아 '프루스트 헤어'라고 이름붙였다. 그 책 제목이 『잃어버린 시간을 찾아서』였다. 하긴 미용실에서의 시간은 더디게 간다. 굳이 잃어버린 시간을 찾으려면 머리를 자르거나 파마를 할 일이다.

잃어버린 시간을 되찾고 싶은 사람은 행복한 사람이다. 불행한 사람은 지나간 시간을 돌아보지 않는다. 나는 행복한 사람일까? 불행한 사람일까? 당신은 또 어떨까? 그런 생각조차 사치일만큼 나는 하루 종일 바쁘다. 우리 동네는 부촌은 아니지만, 술집 아가씨들이 사는 원룸이 많아서 손님이 끊이질 않았다. 요즘 코로나라는 역병이 돌아 손님은 반으로 줄었지만, 그것도 그리 나쁘지 않다. 나는 조금쯤 한가해진 미용실의 거울을 닦으며 오랜만에 자신의 얼굴을 들여다본다. "거울아, 거울아 누가 더 예쁘니?" 어디선가 그런 목소리가 들리는 것 같다.

　나는 아주 어릴 적 내 곁을 떠난 어머니 얼굴을 기억하지 못한다. 오랜 세월 의붓어머니와 배다른 동생 둘과 아버지와 함께 살았던 나는 늘 행복하지 않았다. 그래서 행복이 뭔지 모르듯 불행이 뭔지도 잘 몰랐다. 지금 남편을 만난 이후 나는 어쩌면 이제껏 살아온 시간들 중에서 가장 덜 불행하다. 나는 자라면서 내 얼굴을 자세히 들여다본 적이 없다. 예쁘다는 말을 자주 들었지만, 그 말에 귀 기울여본 적도 없다, 남편과 함께 미용실을 차린 이후 매일 아침 손님이 오기 전 거울을 닦으면서 "거울아, 거울아 누가 더 예쁘니?" 하고 묻는다. 그 비교 상대가 누구인지는 아무 상관 없이. 문득 거울에 텔레비전에서 본 '동물의 왕국'의 한 장면이 겹쳐진다. 아니 장면은 흐릿하고 더빙이 된 설명하는 목소리가 귀에 더 선연하다.

　"세상에 같은 수컷은 한 마리도 없다. 알 수 없는 암컷의 마음, 열 마리 중 오직 한 마리만 암컷과 한다." 이 동물이 사자였는지 거미였는지도 확실치 않다. 아마 '떠돌이 대왕 붙박이'일 것이다. 바른 기억인지는 모르지만 "암컷을 제때 올라타지 못하면 수컷은 암컷에게 잡아 먹힌다.", 이 지점에서 텔레비전을 껐던 기억이 난다. 도대체 우리의 기억이란 얼마나 부정확한 것일까?

그런 엉뚱한 생각 속에 떠돌 때, 마스크를 쓴 첫 번째 손님이 문을 열고 들어온다. 남편이 마스크를 쓰고 손님을 맞는다. 머리를 자르고 염색하러 온 남편의 단골손님은 화가이다. 무슨 그림을 그리는지 잘 모르지만 여러 가지 물감 색깔을 그대로 묻힌 작업복을 입은 채로 거리를 활보하는 그와 우연히 마주친 적도 있다. 그런 그가 멋져 보였다. 그는 의자에 앉자마자 이야기를 시작했다.

"아 글쎄 K 감독이 죽었다지 뭡니까? 그 사람 알죠? 외국에서 수상도 많이 한 유명감독이죠. 나는 그의 많지 않은 친구 중의 하나였어요. 그를 처음 만난 게 파리 몽마르트르 언덕에서였답니다. 한눈에 한국 사람 같아서, 어느 금발 여자의 초상화를 그리고 있는 모습을 한참 지켜보았죠. 곧잘 그리더군요. 그때 그가 문득 나를 돌아보며 '형씨도 하나 그려 드릴까요?' 하고 묻더군요. 깜짝 놀란 내게 그는 씩 웃으며 담배 있으면 한 대 달라고 하대요. 그때만 해도 많이들 담배를 피우던 때라 나는 얼결에 갑 채로 담배를 그에게 넘겨줬어요. 금발 여자가 만족한 얼굴로 그림을 들고 떠나자 얼떨결에 나도 그 자리에 앉아 그림의 주인공이 되었답니다. 그날 저녁 나는 그 친구와 참 많은 이야기를 나누었어요. 그 친구 어지간히 고생 많이 했더군요. 초등학교도 몇 년 안 다니고 공장에서 일하던 이야기를 들려줬어요. 공장에서 일하던 시절 열 살이나 더 많은 누나들이 귀엽다고 그를 안아주기도 하고 슬쩍 귓불을 꼬집으며 지나가기도 하고 일부러 치마를 여미는 모습을 보여주기도 했다며, 대체 여자란 무엇인지 알 수가 없다고 했어요. 그 말을 들어서인지, 그를 처음 만난 지 오랜 세월이 지난 몇 년 전 텔레비전에서 배우 성폭행 사건으로 떠들썩한 걸 보면서 참 아쉬운 생각이 들더군요. 그가 독학으로 유명 영화감독이 되었다는 걸처음 알고서도 많이 놀랐던 생각이 나네요. 오래 전 파리에서 만난 그는 화가가 되고 싶었던 사람이었으니까요. 술이 한잔들어가면 그는 솔직하기 짝이 없었어요. '공장 시절 누나들이 치마를 살랑거리며 내 앞을 스칠 때마다 확 끌어안고 싶었다니까. 여자들은 하고 싶으면 시치미 딱 떼고는 슬쩍 보여주곤 하거든.' 나이가 비슷한지라 우리는 만나자마자 말을 텄어요. 소심한 나는 그의 솔직함과 패기가 참 좋았어요. 아, 이거 죄송합니다. 사모님도 계시는데."

나는 아무 소리도 안 들리는 척 미용실 바닥을 닦았다. 화가 손님이 말을 이었다.

"그런 그가 성폭행으로 기소되어 그가 이룬 영화적 업적을 한 방에 날려버렸지 뭡니까? 피카소가 요즘 세상에 태어났다면 한 방에 갔을지도 몰라요. 얼마 전 그가 도피행으로 발트 3국, 그 이름도 낯선 라트비아라는 나라에서 코로나로 죽었다는 겁니다. 믿어지지가 않네요. 그 친구 아주 여린 데도 있어서 성폭행을 했다는 것도 믿기지 않았거든요. 거기 도착해서 얼마 뒤 내게 전화를 한 통 했었어요. 독감이 걸린 것 같은데 이상하게 낫지 않는다며 육개장이 먹고 싶다 하더라고요. 불쌍한 사람, 내 마음이 참 슬프네요. 머리 확 잘라주소."

나도 그 감독을 안다. 영화도 몇 개 보았다. 오래전 언젠가 남편의 애인이던 사장 언니 미용실에 사표를 내고, 꿈에 그리던 발트 3국을 가본 적이 있다. 쿨하기 짝이 없던 사장 언니는 우리 둘이 사귀게 되어 미용실을 그만둔다 하니, "저놈이 그만

뒤야지 왜 네가 그만두는데?" 했다. 미국도 일본도 안 가본 내가 처음 가본 곳이 발트 3국이다.

그 시절 남편이 되기 전의 남편은 "발트 3국이 도대체 어디야? 하필 거긴 왜 가고 싶은 건데? 돈 좀 더 모아서 나랑 같이 이탈리아나 가지." 했다. 텔레비전 다큐 프로그램에서 본 에스토니아, 라트비아, 리투아니아, 나는 오래도록 그 나라들을 꿈꾸었다. 고흐의 그림 속 하늘을 그대로 재현한 발트의 밤하늘은 온통 신비로운 '발틱 블루'다. 동화의 나라 같은 에스토니아의 탈린 거리에는 땅콩이 유명한 먹거리다. 땅콩을 파는 소녀가 내가 한국에서 왔다 하니 바로 그 K 감독을 너무 사랑하고 존경한다고 했다. 영화가 너무 좋아 꼭 만나고 싶다고, 그곳 사람들은 그 감독의 영화를 안 본 사람이 없다고도 했다. 서울로 돌아온 뒤 나는 그의 영화를 몇 개쯤 보았고, 왠지 세상에서 제일 슬픈 영화들이라는 생각을 했다. 화가 손님이 거울에 자른 머리를 비추며 만족한 듯한 얼굴로 일어섰다.

"한없이 가엾기도 하지만 무에서 유를 이루었던 존경스러운 영혼을 오늘 내 마음 밭에 묻어주렵니다. 정말 슬픈 날이어요."

그가 문을 닫고 미용실 문을 나서자 남편과 나는 말없이 한

동안 앉아 있었다. 도대체 야생동물들은 인간으로부터 그들이 다니던 길과 서식지를 다 빼앗긴 이래 오늘까지 어떻게 살아남았을까? 나는 낯선 곳에서 생을 마감한 그 감독이 한 마리 고독한 야생동물이었다는 생각을 한다. 오늘따라 손님이 들어오지 않는다. 다행이다.

오늘 문득 발틱 블루 속으로 걸어 들어가고 싶다. 누가 코로나에 걸렸는지 구분이 안 되는 무증상 감염자라는 개념은 마치 드라큘라의 존재를 닮은 것 같다. 이빨을 드러내기 전에는 전혀 알아볼 수 없는 현대의 드라큘라, 아무 힘도 기운도 없는 자신이 드라큘라인지도 모르는 무증상 감염자. 코로나라는 이 역병은 어쩌면 우연히 탄생한 게 아닌지도 모른다. 아인슈타인이 말하길 우연이란 신이 익명을 유지하는 기술이다. 어느 시대에나 일정 수의 사람을 죽이는 신의 기술 같은 건 아닐까? 소극적 전쟁 같은 거 말이다. 발틱 블루 속으로 걸어 들어간, 너무 애쓰다 죽은 영혼을 달래주려는 듯, 창밖에 조용히 비가 내린다. 문득 언젠가 너무 좋아서 수첩에 적어둔, 라디오 프로그램에서 들은 구절이 생각난다.

"우리에겐 죽음이 필요하다. 내게도 필요하고 네게도 필요하다. 우리가 너무 오래 머물면 여긴 쓰레기로 꽉 찬다." "인생은 때로 근사할 수 있지만, 그것은 종종 우리 하기 나름이다." "대다수 인간들의 죽음은 짝퉁이다. 죽을 게 남아있어야 말이지."

이 글을 쓴 작가 찰스 부코스키의 묘비명이 생각난다.

"Don't try." 애쓰지 마.

그래, 너무 애쓰지 말 일이다. 오늘은 일찍 문을 닫고 푹 쉬어야겠다.

2.

피아니스트 B가 연주하는 슈만의 음악으로 '프루스트 헤어'의 아침은 시작된다. 그건 남편이 즐겨듣는 음악 중의 하나다. 사실 남편은 피아니스트가 되고 싶었던 사람이다. 가정환경 탓에 재주 있는 그의 손은 피아노에서 타인들의 머리칼로 그 장소를 옮겼다. 그는 매일 남들의 머리칼 위에서 피아노를 치고 있는 건지도 모른다. 남편의 손이 놀랄 만큼 빠른 속도로 머리를 자르는 모습을 볼 때 마다 나는 미미한 슬픔을 느낀다. 이루지 못한 꿈은 이루지 못해서 도리어 행복할 수도 있을까? 타인의 연주를 감상하는 일은 참으로 행복한 일이기 때문이다.

남편이 유독 B가 연주하는 슈만의 피아노곡을 자주 듣는 까닭은 그가 자신의 어릴 적 우상이었기 때문이다. B의 연주를 남편은 빠짐없이 들었다. 그런데 남편이 들었던 연주마다 왜 그가 단 한 번도 관객의 앵콜 요청을 받아주지 않는 건지 의아했다. 세상의 많은 저명한 연주자들은 관객의 호응에 앵콜 연주를 하는 게 일반화되어 있어서 남편은 더욱 궁금했다. 남편은 외딴섬의 주민들을 위해 무상으로 연주를 해주기도 하는 B

씨의 흔적을 따라 섬에 가서 연주를 듣기도 했다. 바다 앞에서 그의 연주를 듣는데 남편은 눈물이 났다고 했다. 섬에서도 그는 주민들의 앵콜을 받아주지 않고 냉정하게 일어나서 사라졌다고 했다.

팬들에게 앵콜 연주는 작은 선물이다. 선물이란 무엇일까? 언젠가 텔레비전에서 보니, 캐나다 이누이트족 인디언들에게는 더 큰 선물을 하는 사람이 이기는 게임이 전해 내려온다고 한다. 남들이 이길 수 없는 제일 큰 선물을 하는 사람이 추장으로 추대된다. 이럴 때 공동체란 선물을 통해 결합된 사이이다. 추장으로 추대되는 능력은 울림이 있는 말을 잘하고 가난한 사람에게 선물하는 능력이 있는 사람이다. 상대에게 준 선물을 거절한다는 건 전쟁을 선포하는 것과 같다. 줬다는 생각 받았다는 생각 없이 주고받는 선물, 존재하는 것만으로 상대에게 선물이 되는 사람, 인디언의 선물은 내게 불교에서 말하는 무주상 보시를 생각나게 한다.

남편에게 B씨의 연주는 그냥 선물 그 자체였다. 그리고 남편은 그가 앵콜 연주를 해주지 않는 단호함도 다른 종류의 선물이라는 결론에 도달했다. 체념을 가르치는 선물, 혹은 과식

하지 말라는 선물, 사실 어디선가 적당한 곳에서 맺고 끊는 기술은 살아가면서 필요한 지혜이기도 하다. 그렇게 치면 세상에 선물이 아닌 것은 아무것도 없다. 내가 사장 언니의 애인이었던 지금의 남편과 마음이 맞아 그녀를 배신한 뒤, 그녀는 돈이 아주 많은 인색하지도 않고 마음씨가 아주 착한 사람을 만나 귀부인이 되었다. 나와 남편이 그녀에게 제대로 선물을 한 셈이다. 사장 언니와 나는 한 달에 한 번쯤 시내 최고의 호텔 레스토랑에서 만나 수다도 떨고 비싼 와인도 한 병 나누어 마신다. 어쩌면 그녀는 남편 말고는 내 가장 친한 벗이다. 세상의 모든 관계들이 이런 식으로 풀린다면 이 세상이 바로 천국일 것이다. 부모덕도 형제 덕도 없었던 나는 타인 덕이 많은 편이다. 누가 '타인은 지옥'이라 했던가? 검색을 해보니 그렇게 말한 건 실존주의 철학자 '장 폴 사르트르'다. 하지만 내게 타인은 기댈 언덕이었다. 넉넉한 어깨를 기대라고 내주던 고마운 타인들을 떠올린다.

남편과 나는 가끔 '글렌 굴드'가 연주하는 바흐의 '골드베르크 변주곡'이나 슈만의 피아노곡들을 들으며 사랑을 나눈다.

마음을 비우고 음악을 자세히 들으며 몸의 감각을 살려내는 일은 어쩌면 명상에 가까운 일처럼 느껴진다. 그런 의미에서 나와 남편은 잘 맞는 상대다. 사람에 따라서는 섹스조차 사실은 상당히 정신적인 운동이다. 평화로운 마음으로, 뜨거운 것과는 사뭇 다른 은은한 열정의 상태를 백 살까지 유지할 수 있다면, 그처럼 행복한 일은 없을 것이다. 미용실에서의 시간은 천천히 흐른다. '프루스트 헤어'의 시계는 멈춘 채 늘 11시를 가리킨다. 남편도 나도 정지한 시간을 좋아한다. 미친 듯이 흘러가는 시간의 속도를 잠시 잊어버리고 정지한 시계를 바라보면 마음이 편해진다. 남편에게 안길 때, 그는 미친 듯 흘러가는 시간 속에서 나를 지켜주는 정지한 시계 같다는 생각이 든다. 늘 11시로 맞춰져 있는 정지한 시계, 손님들도 정지한 시간에 익숙해져 그러려니 한다.

"머리할 때만이라도 시간을 잊으세요." 하고 나는 마음속으로 말한다. 그들은 알아들었다는 듯 정지한 시계 바늘을 흘깃 쳐다보고 만다. 나는 염색하는 걸 좋아한다. 손님의 머리칼에 염색약을 천천히 바르고 그 머리칼의 색깔들이 변하는 걸 보는 건 마술처럼 유쾌한 일이다. 검은색. 흰색, 빨간색, 보라색으로 변하는 머리칼들을 바라보며 나는 초등학교 시절의 미술 시간을 생각한다. 집에서 물감 사달라는 말을 꺼내지 못해 미술 시간마다 친구들의 물감을 빌려 썼다. 가난한 내 물감은 나도 모르게 근사한 그림으로 변했고, 아이들은 내게 대신 그려달라고 줄을 서기 일쑤였다. 중학교 시절 어느 미술 수업 시간, 그날은 자화상을 그리는 날이었다. 나는 '자화상, 빨강머리 앤'이라는 제목의 자화상을 그렸다. 그 시절 '빨강머리 앤'을 읽으며, 딱 나 같다는 생각을 했기 때문이었다. 나는 똑같이 그려달라고 조르는 반 아이들에게 각자 다른 색 머리를 그려주었다. 그 그림들은 선생님들과 전교생에게 큰 반향을 불러일으켰고, 우리가 졸업한 이후 오래도록 학교 복도 정중앙에 오래도록 걸려있었다.

손님들의 머리염색을 할 때마다 중학교 시절의 미술 시간처럼, 사람마다 다 다르게 갖가지 색깔로 물들이고 싶다는 충동이 인다.

자신을 '빨강머리 앤'이라고 불러 달라는 나이 든 소녀 단골 손님이 문을 열고 들어온다. 나이를 가늠할 수 없는 그녀는 늘 빨갛게 염색을 한다. 오래전 지하철역의 긴 에스컬레이터 계단을 올라가면서 멀찌감치 앞서서 올라가는 빨간 머리를 한 그녀의 뒷모습을 본 적이 있다. 그때 늦은 시간에 꿈처럼 스친 그녀와 지금 거울 앞에 앉은 그녀가 같은 사람이 틀림없다는 나의 확신은 아마 맞을 것이다. 내게는 살짝 미래를 예언하는 작은 능력이 있다. 우리 증조할아버지가 유명한 사주명리학자였고, 외가 쪽으로는 먼 조상 중에 유명한 박수무당도 있다고 들었다. 꿈이 기막히게 맞는다든지 살짝 타인의 앞날을 엿보는 정도의 능력이라 다행이라고 생각한다. 칼 위에서 춤을 추지 않으면 온몸이 아픈 사람으로 살지 않아도 되는 건 천만다행이 아닐 수 없다. 나는 그저 평범하고 즐겁게 남편이랑 오손도손 살고 싶다.

남편과 내가 사장 언니를 배신했을 때도 나는 그녀가 착하고 돈 많은 제 짝을 만날 거라는 예언을 했다. 예언은 적중했고, 그 뒤 사장 언니는 뭐가 먹고 싶은지 뭐가 입고 싶은지 그게 뭐라도 다 사주는 나의 영원한 팬이 되었다.

다시 단골손님 '빨강머리 앤' 이야기로 돌아가, 오래전 내 앞에서 지하철 계단을 올라가던 짧은 단발에 빨간 염색을 한 여자의 뒷모습이 얼마나 인상적이었던지, 나는 그녀가 내 앞에서 사라질 때까지 그녀를 쫓아갔다. 잠시 사장 언니의 전화를 받는 사이 그녀는 거짓말처럼 내 앞에서 사라졌다. 나의 전생이거나 미래 생을 보는 것 같은 특별한 기분이었다. 그날 밤 꿈속에서 그녀의 뒤를 계속 밟는 꿈을 꾸었다. 에스컬레이터 계단이 밑도 끝도 없이 이어지고, 나는 그녀를 놓칠세라 정신없이 따라 올라갔다. 그 에스컬레이터는 계속 올라만 갈 뿐 내려가는 길이 없었다. 그러다가 그녀가 확 뒤를 돌아보는데 그 모습은 바로 나였다. 그리고 얼마 뒤 '빨강머리 앤', 그녀가 미용실 문을 열고 들어왔을 때 나는 꿈을 꾸는 것 같았다. 조금 자란 단발머리를 더 짧게 자르고 빨간색으로 머리를 염색해달라고 했다.

나는 그녀의 듬성듬성 드러나는 검은 머리칼을 빈칸 채우듯 빨갛게 염색할 때 살아있는 기분을 느꼈다. 조용한 동네라 나이 든 분들이 거의 평범한 흑갈색 머리염색을 하는지라, 나는 가끔 설레는 마음으로 미술 시간을 기다리듯 그녀를 기다렸다. 그녀에게 권유하고 싶다. 다음엔 노랑, 다음엔 초록, 또 그다음엔 보라색으로 머리염색을 하면 어떨까하고. 마치 내 중학교 시절의 자화상처럼, 빨갛게 노랗게 초록으로 보라로 세상을 '빨강머리 앤'의 아바타들로 빼곡하게 채우는 거다.

그녀는 마치 내 마음을 들은 듯 "이번엔 밝은 노란 색으로 염색을 한 번 해볼까?" 하고 말한다. '프루스트 헤어'의 시간은 여전히 11시다. 오전인지 오후인지는 중요하지 않다.

3.

영화를 좋아하는 사장 언니는 '중경삼림'이라는 영화를 보러 가자 했다. 너무 좋아서 세 번째 보는 거라며 옛날 영화를 리마스터링한 거라 했다. 배우가 누가 누군지 몰라 살짝 조는 사이 등장인물의 아이디 '만 년 동안 사랑해.'를 자막에서 읽는 순간 잠이 확 깼다. 내 삶의 아이디를 본 듯해서다. 영화 속 대사 중에서 "우리 사랑의 유효기간은 만년으로 하자." 그런 말도 꼭 내게 하는 말처럼 들렸다.

만년이란 과연 시간일 수 있을까? 일 분이 만년처럼 느껴질 수도 있으리라. 어차피 시간은 상징이다. 하루살이의 삶을 보면 안다. 갑자기 만 가지 생각이 겹쳐왔다. 세금, 큐알 체크, 유효기간, 경계선, 난민들, 대출금, 빚, 시시한 꿈들, 선거 현장, 사막 풍경. 생각이 너무 많아져 영화에 집중하지 못한 채, "우리 사랑의 유효기간은 만년으로 하자."는 그 말만 머릿속에 맴돌았다. 어쩌면 많이 건진 거다.

'중경삼림'이라는 영화는 유효기간에 대해 생각하게 해 준 영화였다. 그것처럼 중요한 게 또 있을까? 유효기간, 우리는 그

것만 알고 살면 된다. 하지만 그걸 아는 것만큼 어려운 건 없다. 갖가지 색깔의 약병들과 식료품들과 관계들의 유효기간, 우정과 사랑의 유효기간, 목숨의 유효기간, 염색의 유효기간. 권력의 유효기간, 전성기의 유효기간.

영화가 어느덧 막을 내리고 멍한 상태로 있는 내 팔을 이끌고 사장 언니는 새로 생긴 거대한 백화점 건물로 나를 끌고 갔다. 한 번도 못 가본 달나라 같은 백화점 매장에서 그녀는 입어보지도 않고 비싼 옷 몇 벌을 마치 껌처럼 쉽게 사더니 어느 게 좋으냐며 한 벌 가지라 한다. 눈썰미가 좋은 그녀는 내게 어울리는 옷을 잘 골라서 선물 주곤 한다. 그녀의 '묻지 마' 쇼핑은 내게는 거의 대리만족의 정점이다. 그녀는 나비처럼 화려한 명품 옷들은 자기가 갖고 우아하고 비싼 티 안 나는 명품 옷은 내게 준다.

우리는 신나게 쇼핑을 한 뒤 그녀의 아파트로 가서 비싼 와인을 한 병을 딴다. 우리가 무언가의 맛을 안다는 건 어느 기간 동안 맛의 경험을 축적했다는 뜻이다. 사장 언니 덕분에 나는 와인 맛을 알게 되었다. 대충 비싼 와인이 혀에 착 붙긴 하지만 가격 대비 좋은 와인이 분명히 있다. 뭔들 안 그럴까? 가격 대비 훌륭한 와인이나 물건이나 사람을 만난다는 건 그러니까 운이다.

살아가는 데 운처럼 중요한 건 없다. 무슨 영화에선가 "삼십 년 동안 운이 좋으면 삼십 년 동안 운이 나쁘다. 그렇게 우리는 평등하다." 그런 말이 생각난다. 과연 그럴까? 그렇다면 나는 지금 운이 좋을 때다. 문제는 운이 좋을 때도 사람은 만족하지 못한다는 거다. 술에 살짝 취하고 나면 사장 언니는 패션쇼 하길 좋아한다. 밤이 깊어질수록 그녀의 몽유병을 떠올리게 하는 환상적인 패션쇼도 무르익는다. 옷장에 가득 찬 그녀의 옷들은 마치 그녀가 몰래 숨겨둔 선녀의 날개가 아닐까싶다. 옷을 사재끼고 한두 번 입고는 아니 한 번도 입지도 않은 새 옷 들을 여기저기 나누어주고 나서도 그녀의 옷장 속에 가지런히 걸려 있는 옷들은, 그녀가 특별히 애착을 갖거나 그리운 누군가를 기억하게 하거나 행복했던 시간을 간직했거나 한 특별한 옷들이었다.

그녀는 가끔 농담처럼 말하곤 했다. "내가 만일 죽으면 이 옷은 다 네가 가져." 사실 내게 옷이란 계절마다 한 벌씩이면 족했다. 사장 언니를 만날 때만 나는 그녀가 준 옷으로 멋을 냈다. 그녀는 갖은 멋진 옷들을 걸쳐 입고 넓은 거실에서 패션쇼를 하면서 천천히 걸었다. 그녀는 마치 달 표면을 걷는 우주인처럼 걸었다. 나는 그 모습을 구경하길 좋아했다. 문득 그 유명한 '닐 암스트롱'과 함께 달에 착륙한 '버즈 올드린'이라는 사람의 인터뷰를 텔레비전에서 보았던 생각이 났다.

1969년 7월 인간은 달 착륙에 성공한다. 그들이 달에서 발견한 건 달에는 아무 생명체도 살지 않는다는 것이었다. 참 허무한 발견이다. 달에 갔다 온 사람들은 이후 극심한 우울증을 겪었다 한다. 어쩌면 우리에게 달 표면을 걸을 기회가 없었다는 건 행운일지도 모른다고 내레이터가 조용한 목소리로 설명하고 있었다. 닐 암스트롱이 달에 내린 뒤 다음 타자로 달을 디딘 '버즈 올드린'은 이후 달에 갔다 온 감상을 이렇게 말했다. "별 감각이 없다. 아무것도 느끼지 못했기 때문이다." 이후 그는 심각한 알콜 중독 상태에 빠지기도 했다.

행복이란 이른바 쾌락 분자라 불리는 도파민에 의해 형성된다고 한다. 도파민이란 아무리 많은 것을 가져도 만족하지 못하고 더 많은 것을 원하게 하는 분자라 한다. 그래서 도파민의 과다 분비는 중독을 가져온다. 사장 언니가 명품 옷을 사재끼는 것도 도파민 과다 현상일까? 누군가는 점점 더 강한 자극을 요하는 도파민의 새로운 충전을 위해 쾌락을 중단해야 한다고 말한다. 술과 커피와 달콤한 것들과 쇼핑과 성적 접촉과 모든 자극적인 것들에 대한 의존에서 벗어나 재부팅 하는 삶을 권유한다. 날이 갈수록 사장 언니는 더 많이 마시고 더 많이 사들이고 남편 아닌 낯선 남자들과 어울렸다.

달 표면을 걸어본 사람의 우울증과 알콜중독, 하지만 인간은 마약에 중독되고도 그 중독을 극복하기도 하는 대단한 동물이다. 처참한 전쟁의 경험으로 전쟁 컴퓨터 게임을 만들어 내기도 한다. "죽여 막 죽여."

전쟁만 겪지 않고 한 생을 마감할 수 있다면 운이 좋은 거다. 잔뜩 취한 사장 언니를 침대에 뉘며, 나는 전쟁터에서 그녀와 함께 폭격을 피하며 위험한 거리를 걸어가는 환영을 본다. 우리가 같은 편이기는 한 걸까? 문득 전쟁을 겪고 간 모든 인류에게 미안한 생각이 든다. 나는 취해서 미동도 안 하는 사장 언니에게 밤 인사를 한다. "언니 인생은 어차피 꿈이야. 이왕이면 밝고 기분 좋은 길몽을 꾸다 가자." 사장 언니의 착하고 돈 많고 인심 좋은 남편이 돌아오기 전에 나는 무거운 마음으로 집으로 돌아온다. 마치 이게 다 내 책임인 듯 마음이 무거워진다.

늘 아무 일도 없다는 듯이 아침은 온다. 남편은 이미 출근한 뒤다. 언젠가부터 우리는 따로따로 출근한다. 커피를 마시며 창밖을 내다본다. 어제는 술을 많이 마셨다. 사장 언니의 주정을 들어주며 나도 같이 주정을 부린 기억이 난다. 사람들이 술을 마시며 하는 말은 늘 진담일까?

갑자기 어제는 대수롭지 않게 여겼던 사장 언니의 말이 뒤늦게 거슬린다. "요즘 나는 새로운 인물과 다시 사랑을 시작했어. 남편은 좋은 사람이고 내게 모든 걸 다 해 주는데 왜 늘 지루할까?" 그래서 내가 말했다. 다 가질 수 없는 거라고. 그랬더니 사장 언니가 말했다. "다 가진 건 내가 아닌 너야." 그 말이 뒤늦게 지금에야 거슬리는 이유는 뭘까?

마음을 쉬기로 하며 무심코 창밖을 바라본다. 전신주에 앉은 새 한 마리가 창문을 사이에 두고 나와 눈을 맞춘다. 이건 내 생각일 뿐 새는 사실 나 따위 관심도 없는지 모른다. 비를 맞으며 계속 하늘에 가로로 걸린 전신주 줄 위에 움직이지 않고 앉아있다. 비를 흠뻑 맞으며 춥지도 않은지 비를 피할 생각조차 없어 보인다. 새의 마음이 궁금하다. 왜 반대 방향으로 앉아있지 않고 하필이면 내가 있는 아파트 창문 쪽을 향해 부동의 자세로 앉아있는지, 무슨 생각을 하고 있는지, 어디로 갈 건지, 친구 새를 기다리고 있는 건 아닌지, 아니 늘 혼자인지, 빗속에서 비를 맞으며 비가 그치길 기다리는지, 비를 피하며 비가 그치길 기다리는 사람과 빗속에서 비를 맞으며 비가 그치길 기다리는 새 중에서 누가 옳은지. 완전히 내 생각이지만 새는 한 시간째 나를 스토킹 중이다.

책을 보며 새의 존재를 잊고 있다가 문득 눈을 들어 하늘을 보니 새가 방향을 틀어 반대쪽 아파트를 향하고 있다. 내가 관심을 주지 않아서일까? 나는 새의 뒷모습을 바라보며 비를 흠뻑 맞은 새의 안녕을 걱정한다. 그러다 새는 비를 맞아도 젖지 않다는 말이 생각난다. 그 가는 다리로 전신주 위에 하염없이 앉아있는 새의 모습은 명상 중이거나 도를 닦는 것처럼 보인다. 새가 바라보는 것은 하늘일까? 아파트 실내의 사람들일까? 길가의 자동차일까? 아니 다른 새를 기다리는 중일까?

생각해봤자 쓸데없는 맞지도 옳지도 않은 망상일 뿐이다. 실내의 피아노음악과 비와 새와 내가 사중주를 빚어내는 비 오는 봄날의 정오, 다시 창밖을 바라보니 새가 없다. 새를 이렇게 오래 관찰한 건 처음이다. 모든 첫 경험을 떠올린다. 처음 마신 술, 처음 들은 피아노 소리, 처음 달을 디딘 기분, 첫 섹스, 첫 출산, 당신들은 알았을까? 모든 첫 경험은 아프다는걸, 다음 경험도 그다음 경험도 계속 아프다는걸. 그래서 나는 감히 말한다.

삶은 누구에게나 다 아프다는걸.

4.

텔레비전을 켜니 인생이 풍경이라 생각하며, 빨리 뛰는 마라톤 선수가 아니라 천천히 걷는 산책자로 살고 싶다고 누군가 말한다. 언젠가 남편이 한 말 같다. 멋진 말이라 생각하며 채널을 돌리니 내가 좋아하는 다큐 프로그램에서 언미복을 입은 것 같은 펭귄들이 떼를 지어 걸어간다. 고난의 행군 같다. 나는 펭귄을 좋아한다. 펭귄은 일부일처제다. 어쩌다 오래 떨어지게 되어도 제짝을 알아보고 피치 못해 헤어져도 애써 자기 짝을 다시 찾는다. 인간보다 훨씬 낫다. 어릴 때 본 이산가족 찾기 장면을 보면 대개 남편들은 재혼했고 아내들은 홀로 자식을 키우며 늙어간 경우가 많았다. 옛날 사람들이라 그랬을까? 꿈 속 같은 남극의 풍경이 펼쳐지는 가운데, 먹을 것을 갖고 돌아온 어미가 굶주린 제 새끼를 찾느라 두리번거린다.

오늘따라 전화도 없이 남편이 들어오지 않는다. 알 수 없는 초조함이 엄습한다. 그와의 삶은 평안하고 행복했다. 아주 오랜만의 평화였다. 문득 어릴 적 공중목욕탕에서 어머니가 등을 밀어주던 기억이 난다. 눈물이 날 것 같다. 이제 아무도 때를 밀지 않는 세상에서, 예전에 엄마가 그랬듯 누군가의 때를 밀어주고 싶다. 갑자기 지독하게 외롭다.

하루는 늘 장엄하게 사라진다. 당신에게도 그렇겠지. 당신은 그랬었지. 매일 전쟁에서 살아남아 집으로 돌아오는 기분이라고. 누가 전쟁 같은 사랑이라 노래하는가? 내게 사랑은 영원히 평온한 감정이었으면 좋겠다. 아무 말을 하지 않아도 지루하지 않은, 상대의 말이 혹은 나의 말이 서로에게 나침반으로 설정되는 그런 관계, 길을 잃어버리지 않게,

나는 늘 외딴 시골 학교의 선생님이 되고 싶었다. 남편은 음악을 가르치고 나는 미술을 가르치는 꿈을 가끔 꾸곤 한다. 꿈속에서 배경은 늘 빈 교실과 비어있는 칠판이다. 학생들은 다어디로 갔을까? 어느 영화에서 본 부탄의 산골짜기 학교가 떠오른다. 학생 수를 다 합해도 56명밖에 안 되는, 세상에서 가장 외진 부탄의 산골짜기 학교 아이들은 자동차가 뭔지를 모른다. 자동차가 뭔지를 몰라도 불행하지 않은 아이들은 복 받은 아이들이 아닐까? 나는 성공한 사람의 정의와 그가 소유한 자동차 가격이 비례하는 세상을 싫어한다. 아무리 성공해도 자동

차를 사지 않는 사람들이 존재하는 그런 세상에서 살고 싶다. 부탄의 산골 마을에서 고기가 필요하면 랜덤으로 올가미를 던져 야크를 잡아 도축하는데, 그날이 마을 사람들이 가장 슬퍼하는 날이다. 하필 주인공 목동이 가장 아끼는 야크가 올가미에 걸려 도축되는 날, 마을 사람들은 노래를 부른다. 야크가 이생이든 다음 생이든 집으로 돌아올 거라고 구슬프게 노래한다. 야크는 낮에 이 산 저 산 돌아다니다 해가 지면 꼭 집으로 돌아오는, 고기와 우유와 가죽과 똥까지도 버릴 것이 하나도 없는 그들의 가족이다. 똥은 말려서 추운 겨울의 연료로 쓴다. 가족, 하고 부르니 또 눈물이 날 것 같다.

나의 가족은 남편뿐이다. 가끔 어릴 적의 고독이 되살아나면서, 남편이 눈앞에서 사라질 것 같은 두려움이 엄습하곤 한다. 유효기간, 내가 늘 두려워하던 남편과 내 사랑의 유효기간은 언제까지일까? "우리 사랑의 유효기간은 만년으로 하자." 양가위의 영화 '중경삼림'의 대사를 보면서 '만년'이 우리 사랑의 유효기간이라고 적어두었었다. 그렇다면 내 목숨의 유효기간은 언제까지일까? 거칠어진 손에 바르려고 거의 다 쓴 핸드크림 튜브를 짜다 보면 쥐어짜면 짤수록 더 나온다. 샴푸도 화장품도 염색약도, 어쩌면 우리의 목숨도 그랬으면 좋겠다. 듣는 둥 마는 둥 하루 종일 켜놓은 라디오에서 사십 마리의 소가 도살장에서 탈출했다는 뉴스가 들려온다. 나머지는 다 잡히고, 마지막 한 마리는 끝까지 도주했다. 문득 그 끝까지 도주한 소 한 마리와 남편의 얼굴이 겹친다.

사는 건 참 모지다. 우리의 입에 들어가는 모든 살아있는 생물들이 이렇게 모진 도축 과정을 통해 일용할 식량이 되는 거다. 지상에 존재하는 모든 동물과 식물, 낙타 캥거루 야크, 소와 개와 닭, 인간이 악마라면 평생의 노동도 고기도 가죽도 털도 뿔도 똥도 다 내주는 너희들은 다 천사다. 영원히 쓸데없을 생각들 사이로 스마트폰이 울려온다. "스마트폰은 무섭다. 느닷없이 걸려 오니까." 이 문장도 어디선가 읽었거나 들은 듯 낯익다, 환청이다. 스마트폰이 울리는 게 아니라 카톡 메시지가 도착했다. 과연 기다리던 남편의 메시지다.

"당신에게 미안해. 나는 참 못난 놈이야. 내가 버린 그녀와 함께 지구를 떠나. 나의 죄의식은 도저히 잊지도 버리지도 못하는 병이야. 내가 당신과 함께 그녀를 버렸을 때 나는 행복할 줄 알았어. 너무 집착이 강한 그녀에게서 벗어나고 싶었지. 하지만 하루도 맘 편할 날이 없었어. 중국 신화에서 신선들이 벌을 받는 방법은 일 년에 마흔아홉 번 벼락을 맞는 거래. 나는 그렇게 매일 마흔아홉 번씩 벼락을 맞았어. 머리 자르는 일 말고는 아무것도 할 줄 아는 게 없는, 가진 거라곤 몸뚱이 하나밖에 없는 나를 먹여주고 사랑해 준 그녀를 배신하다니. 나 같은 놈은 벌써 지구를 떠났어야 했어. 그 길에 그녀가 동참해 준다니 고마운 일이지. 우리가 죽어서 별이 된다면 언젠가 어엿한 이름이 있었던, 태양계의 족보에서 누락 된 지 오랜 '외소행성, 1343401'이 되겠지. 하늘을 올려 봐도 당신 눈에 뜨이지 않게 꼭꼭 숨어 있을게. 너무 미안해서 할 말도 없지만 당신만은 행복하게 잘 살길 바라."

남편의 편지는 여기에서 끝이 났다. 나는 앞으로 어떻게 살아야 옳을까? 남편과 사장 언니가 함께 떠났다. 내가 빼앗아 온 사람을 도로 찾아간 셈이다. 그들이 수없이 내게 암시한 기호들을 나는 하나도 눈치채지 못했던 거다. 사람은 참 알 수 없는 존재다. 자신이 가진 것은 소중한지 모르고 그저 없는 것에만 열중하니까. 하긴 내가 남편을 사장 언니 미용실에서 처음 만나 사랑에 빠졌을 때. 괴로워서 멀리 떠나겠다는 내게 이렇게 말했었다. "떠나고 싶은 곳이 어디든 같이 가요. 내가 지켜줄게요." 그러던 그가 나를 버리고 그녀와 함께 갔다.

둘이 동반자살을 하던지, 외계로 여행을 떠나거나 인도의 바라나시 갠지스강 '죽음 호텔'에 머무르며 죽음을 기다릴지도 모른다. 많은 인도인이 심각하게 오염된 갠지스강에서 죽기를 희망한다. 내 생의 드문 기쁨인 다큐 프로그램에서 보니 강가의 죽음 호텔에서 배우자를 먼저 보내고 삼십 년을 기다리는 노인도 있다. 그곳에 너무 일찍 간 거다. 자기가 언제 죽을지 안다면 우리에게 기다림이란 단어는 없어질지 모른다.

죽음의 상술이 바라나시 갠지스강처럼 발달한 곳도 없다. 사장 언니는 와인이 한 잔이 들어가면 늘 갠지스강에 가서 죽고 싶다 했다. 그래서 내가 그 더러운 강물에서 죽는 게 뭐가 좋냐 물으면, 더러운 곳에 몸을 담그면 죄가 다 사해져 깨끗해져서 죽을 것 같다 했다. 그녀는 길고 긴 넷플릭스 중국 드라마를 보는 걸 좋아했다. 나에게도 적극 추천해서 보기 시작한 그 드라마는 세 번의 삶 동안 한 사람을 다시 만나 사랑하는 내용으로 대사는 주로 이런 식이다.

"우리가 처음 만난 뒤 칠만 년이 흘렀구나." 그런 대사를 들을 때마다 나 역시 아무 걱정이 없어지고 마음이 너무 평화로웠다. 칠만 년이라니, 칠천 년도 칠백 년도 칠십 년도 칠 년도 긴데, 나와 남편이 함께 했던 세월이 7년도 안 되는데, 어쩌면 남편과 사장 언니는 드라마에서처럼 세 번의 삶 동안 세 번을 다시 만나 몇십만 년을 이어온 인연은 아닐까? 거기에 주제넘게 내가 끼어든 기분이다. 문득 이런 말씀이 귓전에 들려온다. "인연은 그냥 흘러가게 두어라. 우리가 어쩔 수 있는 일이 아니니." 그러고 보니 사장 언니를 처음 만난 것도 남편을 처음 만난 것도 칠만 년 전인 것 같다.

남편의 카톡 메시지를 다 읽고 나니 사장 언니의 메시지가 도착해 있다. 그들은 같이 앉아서 내게 편지를 쓰는 걸까?

미안하고 사랑해. 나를 가장 이해해 주는 사람은 늘 너라고 생각해 왔어. 내가 너에게 복수를 한다고 생각할까 두려워. 내가 지구를 떠나는 길에 동행하고 싶던 건 너였어. 하지만 넌 사는 동안 많은 즐거움이 남아있을 선택받은 사람이지. 나와 그에게는 이생이 너무 길어. 우리 몫까지 길게 살아주길 바라. 나는 나의 연인, 너의 남편과 함께 할 때 가장 행복했어. 이유는 알 수 없어. 내게 한때 편안함과 행복을 준 그와 함께 떠난다. 너에게 용서를 바라지는 않을래. 내가 가진 모든 걸 너에게 남긴다. 너는 이해하지 못하겠지만 죽어서도 난 언제나 너의 편이야. 사랑해.

떠나는 두 사람으로부터 사랑 고백을 들으며 나는 정말 슬펐다. 그들이 떠나지 않고 우리가 함께 다 잘 살 수는 없었을까? 그 긴 골목길을 돌고 돌아 결국 이렇게 될 수밖에는 없었던 걸까? 나는 커다란 우산을 쓰고 우리 세 사람이 길을 건너는 환영을 본다. 비는 내리고 우리 셋은 완벽하다. 하나는 작고 둘은 모자라고 셋은 완벽하다.

그렇게 생각하는 순간 '프루스트 헤어'에 빨간 머리 그녀가 들어선다. "하이 하와유?"

"무슨 걱정 있어요?" 맑고 쩡쩡한 그 목소리가 내 음성을 듣는 듯 친근하다. 오늘은 염색하기 좋은 날이다.

프루스트, 프루스트

1.

누나만 셋에다 막내로 자란 나는 어릴 적 혼자 잘 노는 아이였다. 내가 좋아했던 장난감은 총이나 칼이 아니라 누나들이 갖고 놀던 예쁜 소꿉장난 그릇들, 혹은 로미오와 줄리엣의 로미오에서 이름을 딴 비현실적인 느낌의 남자아이 인형 '노미'였다. 내 기억 속의 인형 노미의 얼굴은 며칠 전 텔레비젼에서 본 '프랭크 시나트라'의 어린 시절 얼굴과 닮아있었다. 아니 그 얼굴은 내가 상상하던 최초의 서양인의 얼굴이었다. 그 인형을 누군가에게 물려 준 지도 오랜 시간이 지났다.

노미가 '프랭크 시나트라'를 닮았다는 생각은 나를 어린 시절의 그리운 공간으로 데려간다. 다락방 깊숙이 아마존 나비들이 박제되어 누워있는 오래된 액자들과 오래된 책들, 초등학교에 들어가서는 우표에 미쳤던 시간들, 나는 우표를 모으고 사랑하고 우표의 나라들을 꿈꾸고 그 꿈들로 인해 유년의 불행을 극복했다. 누구의 유년인들 불행하지 않으랴. 동시에 행복하지 않으랴. 연쇄살인범의 유년은 그저 불행하기만 했을지 모른다.

가을의 냄새가 아주 조금씩 퍼져가는 늦여름, 나는 이때가 제일 좋다. 개학이 가까워지는 8월 말 저녁 무렵이면 대청마루에 앉아 귀뚜라미 소리를 들으며 포도를 먹었던 기억이 난다. 새까만 포도의 단맛은 너무 달아서 도리어 슬펐다. 어른이 아닌 어린이에게도 허무의 숨소리가 들려오기 시작하는 것이다. 아직 가을의 무르익은 허무가 느껴지기 전의, 매미들이 온 목소리를 다해 생명의 아니 죽음의 오케스트라를 합창하는 늦여름이면 제목이 좋아 옆구리에 끼고 다녔던 프루스트의 『잃어버린 시간을 찾아서』에 다시 도전하고 싶어진다.

그 책은 내 젊은 날의 땀과 눈물이 얼룩진 베개처럼 우울한 슬픔이 배어있다. 결국 '스완네 집 쪽으로 1' 그 앞부분을 좀 읽고 말았던, 그 뒤로도 같은 부분을 다시 읽고 또다시 읽다가 덮어버리고 말았던, 어쩌면 그 책은 문학을 꿈이거나 도피거나 취미로 삼았던 젊은이들에게 늘 미완의 아쉬움으로 남아있을지 모른다. 그 책은 지금은 세상 떠난 셋째 누나가 좋아하던 책이었다. 누나는 내가 남자아이 같지 않아서 나를 좋아했다. 아주 어린 시절을 제외하곤 군인이던 아버지를 따라 어머니는 늘 지방에 머무르셨고, 나는 늘 누나들과 함께했던 기억을 지니고 있다. 딸만 셋인 네 형제 중 막내로, 아들이라도 나는 일상의 밥벌이에서 벗어나 자유로운 삶을 선택할 수 있었던 운 좋은 존재였다. 누나들은 다 의사가 되었거나 공무원이 되어 밥벌이를 제대로 하는 능력 있는 여성들이 되었고, 아무도 내게 하기 싫은 밥벌이를 하라고 핀잔을 주는 가족이 없었다. 바깥세상에서도 나는 늘 여자들과 함께 있을 때 마음이 편했다.

여자 친구들이 내 주변엔 남자보다 더 많았다. 왜 그런지를 스스로 알게 될 때까지 나는 고독한 소년 시절을 보냈다. 또래의 다른 남자아이들과 나는 늘 달랐고, 섬세하고 우울했다. 'In Search of Lost Time', 그 책을 내게 가장 처음 알려준 사람은 중학교 시절의 영어 선생님이었다. 어쩌면 내 첫사랑은 그 책을 내게 알려준 선천적인 반백의 머리를 휘날리며 기분 좋게 껄껄 웃던 그 사람이었을 것이다. 다른 아이들이 무척 미인이던 미술 선생님에게 빠져있을 때, 내 온 마음을 사로잡은 사람은 바로 그 영어 선생님이었다. 아직도 그 책은 끝까지 읽지 않을 독자들로부터 사랑받으며 전 세계에서 꾸준히 팔리고 있다. 우리의 삶이 그 잃어버린 시간들로 인해 빛나기 때문이다. 아니 우리의 유일한 재산이 바로 그 잃어버린 시간이기 때문이다.

커가면서 내가 여자보다는 남자에게 마음을 빼앗긴다는 사실을 처음 안 건 셋째 누나였다. 오래전에 나 혼자 좋아했거나 그쪽에서 나 모르게 혼자 나를 마음에 두었거나 아니면 서로 마음에 있으면서 내색 조차 못했거나, 미친 듯 사랑한다고 믿었으나 뒤로는 얼굴조차 마주치기 싫거나 잠시 스치듯 함께 했던 짧은 시간마저 아까운 생각이 들거나 참 여러 가지 관계를 맺으며 우리는 늙어간다. 프루스트의 『잃어버린 시간을 찾아서』는 사랑이라는 허송세월이 관해 쓰고 있다는 해설을 읽은 기억이 난다. 딱 맞는 말이다. 젊음이라는, 사랑이라는 허송세월, 인생이라는 허송세월, 그게 바로 우리가 살아온 잃어버린 시간의 정체이니까. 어느 영화 속의 주제가 중 "사랑은 순금이고 시간은 도둑이야." 문득 그런 노랫말이 떠오른다.

기억 속의 상대가 누군지는 중요하지 않은데, 그때 그 시간의 내 감정의 기하학은 너무도 확실하고 섬세한 기억으로 남는다. 피가 나지 않는 아픔, 우리의 마음은 왜 그렇게도 무참히 무너져 내렸던가? 오직 그 무너짐의 가파른 각도와 직선과 곡선과 모서리들의 날카로운 기억들만 남아있다. 도대체 우리는 사랑이라는 이름으로 무엇을 했단 말인가? 무슨 그림을 그린 걸까? 젊은 날의 어떤 상처 기억 사랑, 정확한 워딩이 불가능한, 그리고 지금 어쩌면 사랑보다 절실한 건 한 알의 비타민 씨, 한 알의 프로바이오틱스, 하루도 빠지지 않고 먹는 비타민 종류의 이름인지도. 그것들을 사이좋게 나누어 먹는 평상심의 상태, 나는 차라리 그것을 사랑이라 부른다. 나이 들면서 내가 가장 아끼는 건 얼굴도 목도 손도 아닌 발이다. 아무 말 없이 좋은 대우도 받지 못하며 세상 어디로든 우리를 늘 데려다준 발의 고마움, 나이 들어야 알게 되는 것들이다. 그런 식으로 순위를 다시 정해야 할 우리 인생의 가치에 대하여 생각한다. 실은 정작 프루스트보다는 헤르만 헤세를 많이 읽은 것 같다. 그 중 어느 산문에서인가 이런 구절이 오래 남았다.

"사람이 가질 수 있는 가장 좋은 것, 친구와 포도주를 마시며 한가로운 한때를 보내고, 이 오묘한 삶에 관해 악의 없는 잡담을 나누는 것, 그것이 사람이 가질 수 있는 것 중에 가장 좋은 것이다."

어쩌면 바로 이 시시하고 욕심낼 필요 없는 삶의 작은 디테일의 아름다움과 추함과 권태의 축적, 바로 그 삶의 허송세월에 관한 오마주를 소설로 쓴 게 바로 프루스트의 『잃어버린 시간을 찾아서』일 것이다. 제대로 읽지도 않은 그 책은 내 스무 살의 불안과 연결되어 있다. 그때는 내 앞에 놓인 무한할 것 같은 시간에 대한 불안이었다면 지금의 불안은 시간의 낭비에 대한 불안이다. 젊음이 허가받은 시간 낭비의 시기라면 나이 들어감은 알면서도 낭비하게 되는 시간에 대한 죄책감의 시기이다. 하지만 삶의 시간을 오래 걸으려면 마음을 쉬어야 한다. 오래전에 누군가로부터 받은 별거 아니라고 생각한 소소한 선물, 아주 많은 시간이 흐른 뒤 그 가치를 알게 되는 때가 있다. 우리의 삶도 그러하다.

셋째 누나는 예쁘다기보다는 한 번 보면 잊히지 않는 독특한 이목구비를 지니고 있었고, 특히 목소리가 인상적인 여자였다. 낮고 아늑하고 사람을 안심시키는 목소리, 나는 그런 목소리를 가진 사람을 누나 외에는 만나 본 적이 없다. 누나가 대학병원 정신과 수련의 과정을 밟고 있을 때, 모르는 누군가로부터 선물이 오기 시작했다. 공부하느라 연애 한 번 못해 본다고 투덜대던 그녀는 남자로부터 받은 선물이라곤 가족들한테 밖에는 없는 정도였다. 한 달에 한 번씩 선물은 어김없이 도착했다. 다양한 종류의 외국산 초콜릿부터 세상의 모든 음악이 담긴 음반들과 세상의 모든 책들이 도착했다. 누나가 세상 떠난 지 어언 십 년 만에 모르는 사람이 보낸 오래된 CD 전집을 한 곡 한 곡 들어본다, 다 내가 좋아하는 피아노곡들의 집대성이다.

십 년 만의 선물 확인, 참 오래 걸렸다. 그는 누구이며 살아있을까? 그 선물 중에 헤세가 그린 그림들이 삽입된 독일어판 '화가 헤세'와 불어판 『잃어버린 시간을 찾아서』도 끼어있었다.

누나의 부재는 오래도록 나를 슬프게 했다. 헤세의 글처럼 와인을 마시며 이 세상 잡담을 두런두런 나눌 수 있었을 내 가장 가까운 친구, 셋째 누나가 유독 생각나는 늦여름, 초가을의 시작이다.

2.

누나가 받은 잊을 수 없는 선물 중 하나는 스케이트보드와 헬멧이었다. 결국 누나는 모르는 사람이 보낸 스케이트보드를 타다가 얼토당토않은 사고로 믿을 수 없는 죽음을 맞았다.

스케이트보드라는 뜻밖의 낯선 선물은 일밖에 모르던 누나의 유일한 자유이며 취미가 되었다. 초등학교 5학년 때 스케이트를 타다가 친한 후배와 접촉 사고로 넘겨져 일년 간 기브스를 하고 학교를 다닌 이후 나는 다시 스케이트를 타지 않는다. 나는 누나가 이 세상의 얼음도 파도도 아닌 아스팔트 길이나 공원에서 스케이트보드를 타는 모습을 구경하는 걸 좋아했다. 급경사진 곳에서 스르륵 미끄러져 내려와 다시 높은 곳으로 날아오르는 누나의 보드는 마치 그녀의 날개처럼 느껴졌다. 누나가 지상에서 영원으로 떠난 뒤 한동안 나는 꿈과 현실을 구분하지 못하는 상태에서 헤맸다. 꿈속에 나는 누나의 엽서를 받는다. 아직 카톡은 존재하지 않았던 세상인가 보다. "잘 있어. 너도 잘 있지?" 늘 그렇듯 군더더기가 하나도 없다.

정신과 의사인 누나는 나보다는 냉정하지만 의사치고는 감성적인 인간이었다. 어쩌면 누나는 순간이동을 하여 이국의 어느 낯선 거리에서 보드를 타며 여행 중인지도 모른다. 한번은 없애지 않고 내가 간직하고 있는 누나의 폰으로부터 만나러 오라는 문자가 왔다. 택시를 타고 어딘가 도착했는데, 무슨 불교 강연회를 하는 곳이었다. 멀리서 얼핏 보이는 누나는 살짝 취한 듯 했고 슬퍼보였다. 자리를 잡는 동안 누나는 시야에서 사라져 보이지 않았다. 강연이 끝나고 누나를 찾아다니는데 누군가 내게 다가와 속삭이듯 말해주었다. 누나가 자동차로 누군가를 치고 달아나 수배 중이라고. 가슴이 무너져 내렸다. 깨 보니 꿈이라 다행이라는 생각도 들지 않았다.

누나가 사람을 친 건 현실이었다. 야근하고 운전해서 돌아오는 길에 뛰어든 취객을 치어 즉사했다. 그날 이후 누나는 다른 사람이 되었다. 못 마시던 술을 너무 많이 마셨고 점점 말이 없어졌다. 그리고 가벼운 취미이던 스케이트보드를 난폭하게 즐겼다. 아무에게도 말하지 않았지만 나는 누나의 죽음이 사고가 아니라고 생각한다. 의사라는 사람이, 그것도 남의 마음을 치료하는 의사가 왜 자신의 마음은 그렇게 방치했던 걸까?

꿈속에서도 나는 누나를 힐책한다. 누나가 슬슬 꿈에 나타나지 않기 시작하면서 대신 나는 꿈속에서 거친 소년병들 속에 둘러싸여 울고 있는 어느 어린 소년병을 본다. 날 때부터 세뇌받아 알라를 신봉하는 전쟁터의 소년병들에게 질문은 허락되지 않는다. 총에다 키스하고 총을 몸에 문지르고 총을 가슴에 품고 자는 아이들은 이교도들을 모두 죽이리라 맹세한다. 내세에는 온갖 금은보화가 기다린다고 믿는 소년병들에게 죽음은 두렵지 않은 영광된 순교의 길이다. 누가 그들을 나무랄 수 있을까?

요즘 전 세계적으로 선풍을 일으킨 드라마 '오징어게임'의 영상은 몇 년 전 한참 세상의 주목을 끌던 IS 홍보영상을 생각나게 한다. IS는 세련되고 자극적인 영상으로 세상의 외로운 늑대들을 유혹한다. 그리고 속삭인다. "그대들은 SNS를 통해 실행하는 게임을 우리와 함께 전쟁에서 실제로 경험한다." 홍보영상에 홀려 다시는 돌아올 수 없는 곳으로 걸어 들어가는 세상의 외로운 늑대들은 그곳에서 극단의 테러 교육을 받게 된다. 소년병들은 적들의 참수된 머리로 축구를 하기도 한다. 잔혹과 폭력을 익숙하게 만드는, 수학을 전쟁으로 배우는 세뇌교육이다, 더 많은 죄를 짓고 더 깊은 수렁으로 빠져들어 다시는 돌아올 수 없는 길을 가게 하는 게임, '오징어 게임'을 보면서 나는 게임 하는 사람들 속에 둘러싸여 울고 있는 어린 소년병을 떠올린다. 별의별 백신을 다 만들어 수명을 연장하면서, 인류의 불치병인 전쟁의 백신은 결국 만들지 못하고 말 거다. 내 꿈속에서 울고 있는 어린 소년병을 자세히 들여다보니 바로 누나다. 누나가 남겨놓은 스케이트보드를 나는 고이 모셔두었다. 소년병의 빛나는 총처럼 가끔 꺼내보기도 하고, 반짝반짝 윤이 나게 닦아놓는다.

나는 짝사랑 전문가다. 남자로 태어나 일단 여자한테 관심이 없으니 사랑하는 상대를 찾는 일이 너무 힘들었다. 더구나 찾았어도 그쪽도 나와 같은 마음일 확률은 너무 낮았다.

청소년 시절 나 역시 외로운 늑대의 시간을 보냈다. 남자가 여자를 여자가 남자를 사랑하는 남녀 간의 사랑 논리는 사실은 오래된 인류의 세뇌 교육에서 비롯한다. 왜 꼭 그래야 하는지, 질문은 허락되지 않는다. 나는 외로운 소년병의 마음을 안다. 이 시대 지금 여기의 젊음이라면 어쩌면 나 역시 꿈속에서 울고 있는 누나를 찾아 '게임은 전쟁터에서.'라고 달콤하게 속삭이는 슈가랜드를 향해 시리아로 아프가니스탄으로 떠났을지 모른다. 모름지기 종교란 수호신인 어머니를 대신해 세상의 모든 고아들을 품어주는 따스한 품이어야 한다고 생각한다. 적어도 인간이 만든 가장 아름다운 발명품이어야 한다고 생각한다. 하지만 세상은 그렇게 긴단하지 않다. 그렇다.

내가 자라온 시대만 해도 성소수자라는 말조차 존재하지 않았다. 어떤 종교도 옳다고 생각하지 않는, 성소수자의 사랑에 관하여 당신은 깊이 생각해 보지도 않고 눈살을 찌푸린다. 오늘날까지도 모든 종교는 같은 성을 사랑하는 건 정신적인 기형이라 생각한다. 하지만 기형이란 무엇인가? 나와 다른 것일 뿐, 다수 중에서 자신을 힘들게 지켜나가는 소수일 뿐.

나는 가끔 외로운 마음을 달래주는 내셔널 지오그래피 프로그램을 보면서 동물에 관한 소중한 진실을 발견한다. 새끼를 굶기지 않는 부모란 얼마나 위대한가? 부모가 될 수 없는 나는 아직도 나 하나만도 굶기지 않음을 스스로 대견하게 생각하는 천둥벌거숭이다. 자신은 명품 백 하나 사지 않고 동생에게 두둑한 용돈을 주던 나의 누나는 내 꿈속의 소년병이 되어 전쟁터에서 울고 있다.

무심히 라디오를 듣다가 이런 말이 귀에 꽂혔다. "스스로 가장 밝게 빛나는 별, 나는 태양이며, 세상의 별 들 중 으뜸이다. 우주의 작은 별들은 나의 영향력 아래 나를 중심으로 돈다. 나의 빛은 빨라서 8분 만에 지구에 이른다. 지구의 빛은 180년이 걸려야 내게 도달한다. 하지만 무한한 우주 속에서 태양 역시 한낱 작은 별에 지나지 않으며, 나에게 주어진 시간도 영원하지 않다. 그러므로 나, 태양의 운명은 신이 아니라 인간에 가깝다."

태양도 그럴진대 지구 속의 작은 성소수자인 나는 자신의 처지를 안쓰럽게 생각할 시간이 없다. 어릴 적 세상에서 내가 제일 좋아한 사람은, 살 만큼 산 칠십 세 이상만 전쟁터에 보내라던 '찰리 채플린'이다. 그는 결혼을 네 번 하고 11명의 자식을 두었다. 어두운 시대에 세상의 모든 사람에게 희망과 웃음을 준 찰리 채플린, 어쩌면 그조차도 외로운 순간이 있었을까? 그도 '고도'를 기다렸을까?

'고도를 기다리며'는 날 때부터 인간에게 운명으로 주어진 허무의 상징이기도 하지만, 인생의 반복의 지루함에 관한 상징이기도 하다. 매일 매일의 반복, 그중에서 그나마 자신이 가장 좋아하는, 아니 그저 싫어하지 않는 일의 반복이 운명으로 주어진다면, 그게 성공한 삶이 아닐까?

사실 살면서 행복했던 순간들은 무엇을 이루거나 주어진 일을 하거나 하는 것보다는 나를 잊게 하는 무책임한 순간들이었음을 고백한다. 누나에게는 그게 스케이트보드를 타는 일이었다. 우리는 매일 인생이라는 여행길에서 불안하게 눈을 뜬다. 불안을 없애는 방법 중에서 내가 좋아하는 일은 갖가지 색깔의 털실로 사람을 따뜻하게 해주는 물건들을 짜는 것이다. 스웨터. 장갑, 모자, 귀마개 등등. 누나는 내가 만든 스웨터와 장갑과 모자와 귀마개를 좋아했다.

또 겨울이 다가온다. 갖가지 아름다운 색깔의 털실들을 사러 가야겠다. 누나를 위해 새로운 스웨터와 목도리와 모자와 장갑과 귀마개를 한 코 한 코 떠나가는 일은 내 방식대로 누나를 기억하고 애도하는 길이다. 그것들을 완성해서 우리 동네에 아직도 존재하는 구멍가게 할머니께, 내가 가면 반찬을 듬뿍 갖다주는 단골 식당에서 일하는 조선족 누나에게, 길에서 마주치는 추워 보이는 사람에게 문득 내미는 거다.

"이거 두르실래요? 따뜻하실 거예요." 하며 내가 내미는 목도리를 선뜻 받아들이는 사람은 없을지도 모른다. 요즘 사람들은 남에게 주는 일에도 무능하지만 받는 일에도 무능하다. 믿지 못하는 거다. "목도리 값이 얼만데요?" 하고 물을지도 모른다. "공짜예요. 다 공짜예요."라고 나는 답한다. 누나가 세상 떠난 뒤에도 오래도록, 모르는 사람이 보낸 선물도 다 공짜였다. 공짜는 없다고 말들 하지만 공짜가 있다 해도 그건 좀 무서운 선물일지 모른다. 어느 해의 크리스마스 즈음, 모르는 사람이 보내온 선물 속에 아기 예수가 그려진 조그만 카드가 들어있었다, 카드에는 이렇게 쓰여 있었다.

"아직도 당신을 사랑한다면 믿을 수 있을까?"

나는 카드에 적힌 글씨들의 의미를 들여다보며 전광판에 '저상 16분'이라고 쓰여 있는 3012번 버스를 기다렸다. 버스를 기다리는 동안의 16분은 긴 시간이다. 하지만 버스는 생각보다 금세 온다.

3.

불면의 밤에 나는 텔레비전에서 패션쇼를 보는 걸 좋아한다. 온종일 패션쇼를 하는 채널을 보다 보면 온갖 시름을 잊는다. 바짝 마른 여인들이 인어공주의 아랫도리처럼 딱 붙는 원색의 레깅스를 신고, 반짝이는 화려한 상의를 걸친 채 고통스러운 표정으로 어디론가 계속 걸어간다. 지구의 끝을 향해 걸어가는 표정이다. 내게 패션쇼는 상상의 나라다. 나도 그렇게 무대 위를 걷고 싶다. 달나라를 걷는 모델들은 생각처럼 예쁘지 않다. 패션모델들이 예쁘지 않은 건 내겐 참 궁금한 일 중의 하나다. 세계에서 통용되는 동양의 모델은 대개 눈이 길게 찢어지고 쌍꺼풀이 없으며 작은 게 특징이다. 서양이 생각하는 동양의 아름다움이 이런 건가 보다, 생각하고 만다.

미의 기준도 끊임없이 변해왔다. 비쩍 말라야만 모델이 될 수 있다는 것도 신기하다. 대체로 가슴이 없는 것도 특징이다. 뭔가에 화가 난 것 같은 얼굴에 아우슈비츠 수용소의 여인들처럼 바짝 마른 몸에 근사한 날개를 달고 계속 걷는다. 한 쇼가 끝나고 남자들의 란제리 패션쇼가 시작된다. 저렇게 근사한 속

옷들이 세상에 존재한다는 게 신기하기만 하다. 마치 우주복 같다. 우주복 콘셉트의 란제리를 입고 무대 위를 걷는 남자들 속에서 나는 낯익은 얼굴을 발견한다. 그 사람이다.

이렇게 덜 외로운 시대가 있었을까? 우리는 가장 외롭지 않은 동시에 그 어느 시대보다 외로운 시대에 살고 있다. 우리는 코로나 팬데믹에도 불구하고 지구 인류 역사상 가장 복 많은 최초의 인류다. 하지만 그것도 얼마 안 남았을지 모른다. 그저 지구여행 잘하다 가는 것만도 어머니께 감사하자. 경제적인 걸 제외하고는 예전의 아버지는 대체로 무책임했다. 그마저 무책임한 아버지는 또 얼마나 많았던 걸까? 하지만 아버지 덕에 또 먹고 살았으니 할 말도 없다. 어쨌든 아버지의 노고를 우리는 늘 간과한다. 어머니가 늘 더 가까이 있었으니까. 어머니도 아버지도 없이 자란 사람들을 생각해 보라. 참 눈물 나는 일이다. 텔레비전 속에서 우주복 콘셉트의 속옷을 입고 걷는 남자는 "이제 그만 하자." 이 밑도 끝도 없는 이해할 수도 없는 메일을 남기고 내 곁을 떠난 바로 그 사람이다.

키가 큰 새처럼 무대 위를 날듯이 미끄러지는 나의 옛 연인, 그를 많이 사랑했었다. 아내가 있던 그는 나를 버리고 아내에게로 돌아갔다. 비장한 얼굴로 딸아이를 생각하면 사랑 따윈 개나 주자 했다며. 그는 가끔 말했다. "프루스트가 동성애자였 다는 건 알지?" 프루스트도 실연의 경험이 있었을까? 하긴 실 연의 경험 없이 글을 쓸 수는 없을 것이라 생각한다. 실연은 상 상도 할 수 없는 싱실의 아픔이다. 그 상처가 자신도 모르는 사 이 치유된다는 사실은 기적에 가깝다. 실연의 아픔은 나이가 들수록 짧아진다. 하긴 사랑이라 생각했던 그 사랑의 농도와 깊이에 따라 다를 것이다. 어쩌면 나이가 들수록 짧아진다고 생각하는 건 착각일지도 모른다. 어느 영화에선가 서로 사이좋 게 살던 팔십 대 부부 중 아내가 다른 노인과 사랑에 빠져 남편 에게 이혼을 선언한 날, 남편이 기차선로에 뛰어들어 자살하는 장면이 눈에 선하다. 영화를 보며 실연당한 노년의 절실한 외 로움이 막막한 느낌으로 다가왔었다.

그 영화를 본 날이 그와 헤어진 날이었던 것도 같다. 채널을 돌리니 새에 관한 진실을 찍은 다큐멘터리가 나온다. 새들도 불 륜을 저지른다. 암컷을 유혹하고 떠나버린 숫컷 대신 암컷은 또 다른 수컷과 다시 짝짓기한다. 짝짓기는 상대가 믿을 수 있는 짝인지 알아보는 춤을 제안하는 걸로 시작된다. 춤을 춰서 믿을 수 있는 짝을 찾을 수 있다면 얼마나 좋을까? 하긴 그와 나의 사랑도 춤을 추면서 시작되었다. 소위 동성애자들만 오는 클럽에서였다. 춤을 추면서 육체적으로 맞는 상대를 찾을 수 있을지는 모르지만, 미래를 약속할 상대를 찾는 방법으로는 당치도 않은 일이다. 짝짓기한 뒤 큰 알을 낳은 어미 새와 아버지 새는 새끼를 함께 키울 것을 약속한다. 어미 새가 알을 수컷에게 맡기고 바다 건너 먹이를 찾으러 갔다 오는 동안, 수컷은 다른 암컷과 불륜을 저지르고 다른 암컷의 알을 돌보고 있다. 먹을 것을 구해 돌아온 주인공 암컷이 잃어버린 자신의 알 대신 자기 알이 아닌 다른 암컷의 알을 품는 수컷을 발견하는 일은 흔한 일이다. 이건 때로 종을 번식시키기 위한 장기적인 전략이다. 어떤 새들은 오십 년 이상 같이 교대로 알을 품는다. 부정한 수컷을 버리고 암컷들은 새끼를 기르는 데 성공적인 방법을 찾기도 한다. 수컷은 필요 없다고 서로를 설득하며 암컷끼리 새끼를 키운다, 사람과 비슷하게 새의 암컷도 늘 자식을 위해 희생한다. 인간은 멸종위기 동물들의 유전자를 냉동시킨 뒤 30년 전 죽은 동물의 냉동 유전자로 새끼를 낳게 한다. 멸종위기 동물들이 다 죽고 나면 결국 멸종위기 종 인류가 남을 것이다.

유튜브를 보니 요즘 스위스에서 자살 기계가 발명되어 시판을 기다리고 있다 한다. 현대적 관처럼 보이는 자살 장치는 우주에 도착한 푸르스름한 우주선 같다. 3D 프린터로 제작해 버튼만 누르면 10분 만에 끝나는 조력 자살 장치다. 하긴 지금도 우리 돈 1억 원 정도를 내면 아름다운 알프스산맥을 올려다보며 조력 자살 클리닉에서 눈 감을 수 있다. 보통 일주일 전에 입원해서 의사를 비롯한 여러 사람을 만나 이런저런 설명을 들으며 상담하게 된다. 지난해만도 천삼백 명 정도가 이런 식으로 세상 떠났다 한다. 그야말로 죽음의 진화가 아닐 수 없다. 조력 자살이란 말 그대로 의사가 자살을 원하는 사람에게 일련의 주사제를 차례로 인체에 주입해 목숨을 끊는 걸 돕는 일로 스위스에서는 합법이다.

의사가 필요 없는 조력 자살 장치는 질소를 그 안에 가득 채워 산소 수치를 급격히 떨어뜨려 죽음에 이르게 한다. 의식을 잃은 뒤 대략 10분 뒤에 숨이 멎는다. 캡슐 안에 버튼이 있어 누르면 작동하고, 도중에 마음이 바뀌면 뚜껑을 열어 탈출할 수 있는 버튼도 달려있다. 죽는 과정의 비의료화를 지향하는 이 장치는 평소에 좋아하는 경치 좋은 바닷가나 사막, 혹은 가까운 운동장 어느 곳에 놔두고 들어가 본인이 버튼만 누르면 된다.

어릴 적 유난히 죽음의 공포에 민감하던 나도 이런 장치를 만들고 싶었다. 죽기 전에 누워서 보고 싶은 영화를 한 편 보는 거다. 요즘은 본 영화인지 모르고 두 번 보는 일이 간혹 생긴다. 제목은 낯선 데 보다 보면 머지않아 낯익은 영상들이 눈에 들어온다. 그럴 때는 좀 기분이 우울해진다. 기억력이 떨어지나 싶어서다. 하지만 곧 마음을 고쳐먹고 영화 보기에 몰입한다. 같은 영화를 두 번 보면 처음 봤을 때 보지 못했던 것들이 보인다. 기억도 나지 않는 좋은 대사나 인상적인 영상과 배경음악도 다시 들린다. 같은 인생도 두 번 살아 보면 좋지 않을까? 좋은 영화는 어쩌면 두 번 볼 때 더 많은 것을 느끼게 하는 그런 영화다. 도대체 산다는 건 읽고 싶었던 책 몇 권도 다 읽지 못하고 떠나는 짧은 여행이다.

말하자면 삶이란 미완의 리허설이다. 누나는 좋아하던 프루스트의 『잃어버린 시간을 찾아서』를 끝까지 읽지 못하고 세상을 떠났다. 나는 누나가 프루스트같이 지루한 책을 읽지 않고 여왕처럼 근사하게 늙어갔으면 했다. 누나는 여왕을 좋아했다.

오래전, 누나가 런던에 학회 연수 차 갔다가 사 온 여왕이 인쇄되어 있는 우산을 아직도 나는 소중하게 간직하고 있다. 나는 누나를 늘 여왕이라 불렀다. 꿈속에서 여왕처럼 근사하게 늙은 누나가 보라색 헬멧을 쓰고 스케이트보드를 탄다. 죽는다는 건 뭘까? 조력 자살 장치에 들어가 누워 마음이 바뀌면 버튼을 눌러 관 뚜껑을 열고 다시 걸어 나올 수 있다면, 나는 그렇게 누나를 되살려내는 꿈을 꾼다. 우리가 지금 보는 별은 몇백 년 전 과거의 빛을 보는 것이다. 아, 시간이여.

지하철을 타러 계단을 한참 내려가는데 경보음이 울린다. "화재가 발생했습니다. 지하철역 밖으로 대피 바랍니다." 그 소리가 들릴 텐데도 사람들은 아무 일도 없다는 듯 천천히 자신을 목적지로 데려다줄 지하철을 향해 걸어간다. 죽음의 공포에 민감한 나는 지하철역을 걸어 나와 옆 건물의 쇼핑센터로 들어선다. 어디선가 음반 가게에서 '에디트 피아프'의 노래가 들려온다. 나는 갑자기 여왕보다 '에디트 피아프'가 멋있다고 생각한다.

"아니요. 나는 아무것도 후회하지 않아요." 그렇게 말하고 노래하는 '에디트 피아프', 나도 따라 노래하고 싶다. "나도 그래요. 인생은 불꽃이죠. 누구에게나 그렇게 타오르다 사라지는."

나는 누나가 '에디트 피아프'가 되어 되살아나는 꿈을 꾼다.

4.

아파보지 않은, 늙어보지 않은 의사의 조언은 그리 신뢰할
것이 못 된다. 그런 의미에서 누나는 좋은 정신과 전문의의 자
질을 타고났다. 나는 누나의 실험 대상이었다. 동성애는 어떻
게 언제 어디서부터 싹텄는가? 그리고 그것은 인류 역사상 언
제부터 언제까지 정신 병리학적 논제였던가? 이것이 누나의
박사논문 내용이다. 동성애는 진짜 언제부터 범죄 사회학적 현
상이나 정신 병리학적 현상으로 분류되던 과거로부터 해방되
어 성소수자의 건강한 권리로 인정되기 시작한 걸까?

동성애의 시작은 일단 남성이면서 남성을 좋아하는 감정, 여
성이 되고픈 남성, 자신의 여성성을 스스럼없이 인정하는 남성
들에게 발견된다. 다양한 자료들에 의하면 동성애는 인디언 특
유의 세계관에서 비롯되었다. 옛 아메리칸 인디언들의 세계관
에 의하면 모든 존재하는 것은 정신적인 것이며 실재하는 사물
들은 영혼의 반영물이자 그림자. 생물학적인 성의 다양성을
인정했던 인디언들은 어쩌면 가장 앞서간 인간들인지 모른다.

원시 고대 사회와 그리스도 동성애가 자연스럽게 인정되었

던 사회다. 그리스의 명망 있는 철학자들은 여자와 동침하면 아이를 얻지만 남자와 동침하면 마음의 생명을 얻는다고 믿기도 했다. 그리스의 동성애는 고대 제국의 강력한 남성중심적인 지배계급이 노예와 평민 남녀들을 일시적인 성적 대상으로 착취했던 것과 맥락을 같이 한다. 내가 늘 헷갈리는 건 사랑의 도구와 폭력의 도구가 같다는 거였다. 섹스는 사랑의 도구이지만 사랑에 있어 섹스가 다는 아니다. 심지어 성폭력이란 사랑과는 정 반대 개념이다. 젊은 날의 뜨거운 사랑이라 일컬어지는 것들이 실은 호르몬의 장난이거나 외로움의 이기적인 투영이기도 하다. 유명철학자들과 작가들을 배출한 화려했던 황금기 동안 고대 그리스는 동성애를 공인한 희귀한 사회였다. 동성애는 갑자기 생겨난 게 아니라 인류 역사 속에서 끊임없는 편견과 박해에도 불구하고 면면히 지속되어 왔다. 중세와 근대를 통해 동성애는 신의 권능에 대한 도전 행위로 철저히 금지되었다.

1차 대전 이후 독일의 베를린은 동성애자들의 메카였다. 나치 집권 후 사회의 모든 영역에서 동성애자를 색출하는 작업이 진행되었고 수용소로 끌려가 고문당하고 학살당했다. 오랜 세월 발각되면 감옥에 갇히던 동성애자들은 정신병 환자로 분류

되어 뇌수술을 받거나 전기 충격 치료를 받기도 했다. 1969년까지도 동성애는 독일에서조차 금지되었다. 그 뒤로도 좀 더 완화된 형태로 존재하다가 1994년이 되어서야 동성애 금지조항이 완전히 철폐되었다. 세상은 놀랍게 바뀌어 2000년 네덜란드를 시작으로 미국과 캐나다와 남미 대륙 나라들과 18개국 유럽 국가들과 남아프리카 공화국과 아시아에서는 유일하게 대만을 포함한 28개 국가에서 동성결혼이 합법화되었다.

그 긴 핍박의 역사를 지닌 동성애의 귀결이 결혼이라니. 어쩌면 결혼은 이미 무의미한 형식의 절차로 증명된 지 오래인지 모른다. 아직도 우리나라에서는 뭔가 동성애를 껄끄러운 눈으로 바라보며 수군댄다. 지금도 늘 소수는 다수에 의해 진실을 거부당한다.

'소수민족'이라는 말만 들어도 나는 가슴이 아팠다. 누나가 내게 마지막 남긴 말은 "누가 뭐라든 떳떳하게 살아."였다. 성소수자라는 말조차 생경한 고등학교 시절, 그저 마음으로만 통했던 반 친구는 유난히 여성적인 면모가 드러났다. 그 애와 나는 알 수 없는 예민한 들뜸과 그리움을 공유했고, 어느 날 집 근처에서 둘이 손을 잡고 걷다가 반 아이들에게 목격되었다.

이후 떼를 지어 몰려다니던 폭력적인 반 아이들로부터 발가벗겨져 성적으로 남자임을 증명 당한 날 며칠 후 친구는 목매달아 자살했다. 그 잔인한 폭력의 시간에 나는 친구의 바지를 벗기는 역할을 맡았고, 그걸 거부하는 바람에 어이없이 얻어맞았다. 그 애가 내게 남긴 편지에는 "우리는 아무 죄가 없어. 하지만 나는 이 폭력의 시간을 참아낼 기운이 없다. 친구여 내 몫까지 살아라. 그리고 사랑했다." 이렇게 씌어 있었다.

친구의 죽음은 이후로도 오래도록 내 안에 남아 어둠이 되었고, 그의 마지막 편지는 어릴 적 내가 가장 좋아하던 '안네 프랑크의 일기'의 마지막 페이지에 아직도 끼워져 있다.

사고로 위장한 자살을 실행한 날 새벽 두 시경, 누나는 전화로 내게 마지막 메시지를 남겼다. 그때는 그게 마지막인지도 몰랐지만. 매번 선물을 보내는 모르는 사람을 찾아내서 고맙다는 말을 전하라고도 했다. 사실 요즘 세상은 모르는 사람에게 계속 편지를 쓴다거나 선물을 보내는 행위는 스토킹으로 규정되어, 받는 사람이 원하면 법적 처벌을 받을 수도 있다. 하지만 나 역시 늘 누군가에게 뭔가를 주고 싶다. 그가 거절하지만 않는다면 말이다. 아무런 목적 없이 선물을 주고받는 것처럼 좋은 게 있을까? 그게 삶인걸, 나는 그렇게 생각한다.

세상은 나날이 달라진다. 그것도 천천히 느린 속도가 아니라 어느 날 꿈처럼 다른 낯선 세상에 뚝 떨어지기도 한다. 미국 정부는 미확인 비행물체 UFO의 존재를 인정했다. 외계생명체의 우주선일지도 모른다는 이론을 배제할 수는 없다는 결론이다. 문득 "신은 없다. 외계 생물은 존재한다."고 한 스티븐 호킹의 말이 떠오른다. 다가올 세대는 우리에게 외계인이다.

외계 생물이 존재한다면 전생도 존재할 것만 같다.

누나와 나의 공통점은 꿈을 자주 꾼다는 것과 여행을 좋아한다는 거였다. 언젠가 달나라를 같이 여행하자던 누나의 꿈은 이루어질지도 모른다. 우리는 어느 날 갑자기 새로운 차원의 세상에서 다시 만날지도 모른다. 누나는 단체여행을 좋아하는 부류가 아니었지만, 타고난 길치였던 누나는 여행 중 길을 잃어 단체로부터 이탈해 헤매는 꿈을 자주 꾸었다.

인턴 시절 두어 달 체류했던 뉴욕 맨해튼에 위치한 어느 허름한 건물의 방 앞에서 열쇠를 잃어버려 들어가지 못하는 꿈,

수업 시간에 교과서가 없이 혼자서 불안하게 기웃거리는 꿈, 아프리카의 초원에서 가족이 힘센 동물에게 먹히는 모습을 오열하며 바라보는 초식동물의 꿈, 숨을 곳도 없는 막막한 사막에서 잃어버린 가족을 찾아 헤매는 꿈, 요약하면 이 꿈들의 주제는 불안이다.

사람들은 조금씩 변주된 같은 꿈을 되풀이해 꾸는 경향이 있을지 모른다. 대부분 그 다른 꿈의 내용도 불안이다. 막다른 골목에서 쫓기는 꿈, 사람을 죽이고 도망자가 되어 끊임없이 도망치는 꿈, 고등학교 시절 갑자기 세상을 버린 뒤 내 안의 오랜 어둠으로 남은 친구의 "우린 죄가 없어."라는 말이 메아리쳐 들려오는 동굴, 그 짧은 문장이 가슴 속에 찍힌 성소수자라는 신분증의 두려움과 고독감. 나 혼자만 유독 우울하지는 않을 거라는 걸 알게 된 건 나이가 들 만큼 든 뒤였다.

내가 고독하고 두렵고 우울한 건 성소수자이기 때문만은 아니라는 걸. 우리는 사실 속으로는 다 소수자이며 그 내용이 다를 뿐이라는 걸. 매 맞는 소수자, 배고픈 소수자, 몸과 마음이 아픈 소수자, 다수가 옳다고 믿는 삶의 허상 속에 소수의 의미는 희석된다. 종류가 다 다른 소수자의 이름으로.

아프리카 초원의 초식동물들은 강한 육식 동물들과 함께 살아간다. 그런데 초식동물들은 늘 죽음의 위협에 시달리면서도 거대 육식 동물보다 오래 산다. 쫓기는 시간 외에는 먹이를 구하느라 늘 스트레스를 받지 않고 한가로이 풀을 뜯으며 먹고 살 수 있기 때문이다. 사자의 평균 수명이 10년에서 15년이라면 얼룩말은 25년, 코끼리의 수명은 50년에서 70년에 이른다.

누나가 내 이름으로 모아놓은 통장 덕분에 나는 한가로이 풀을 뜯으며 한동안 살 수 있다. 허송세월을 보내고 허송세월에 관한 연구를 하며, 프루스트 적으로.

하루에도 스마트폰을 서너 번 잃어버린다. 스마트폰을 잃어버리는 블랙홀에 빠진 기분이다. 꿈속에서 스마트폰을 잃어버리는 꿈이 현실 속에서도 계속되는 것이다. 주머니에 들어있는 핸드폰이 갑자기 없는 것 같아 불안해진다. 문득 만져보면 있다. 스마트폰 안에는 '나'를 증명하는 모든 것이 들어있다. 스마트폰 상실의 블랙홀은 내게 소통의 불안을 상징한다. 누나와의 소통이 불가능해지는 불안이다. 나는 누나의 도움으로 성소수자의 불안으로부터 벗어났다. 그리고 스마트폰의 상실은 나와 누나의 소통 상실을 의미한다. 내가 뜬 뜨개 스웨터와 털목도리와 장갑을 사랑하던 누나, 오랜 세월 그녀의 부재는 나의 부재를 증명하는 것 같았다. 수많은 날이 지나고 나의 홀로서기는 힘겹게 계속된다.

살 때는 삶에 집중하고 죽을 때는 걱정하지 않는다. 매일매일이 좋은 날 일일시호일日日是好日, 그게 바로 내 인생의 목표인데. 그게 가장 어렵다.

시대를 초월한 내 친구 다섯 명을 꼽으라면 안네 프랑크, 우리 누나, 마르셀 프루스트, 슈베르트, 윤동주 등등이다. 시대를 초월한 인류 친구들은 내가 성소수자의 고독으로부터 자유로워지는 걸 도와주었다. 연인을 만나도 그건 늘 아픔으로 귀결되었으며 성소수자의 불안과 고독을 증명해 줄 뿐이었다. 계절은 빠르게 지나가고 우리는 늙어간다. 지구여행 좀 하다 가는 거지. 다 갖기엔 다 하기엔 인생은 너무 짧다. 내가 사랑하는 영원히 늙지 않을 윤동주와 안네 프랑크를 생각하면 그것도 과한 욕심이다.

누나가 세상 떠난 뒤에도 한참 동안 선물이 도착했고, 마지막으로 받은 선물은 누나가 좋아하는 향수였다. 그리고 그 안에 편지가 들어있었다.

선생님 저를 기억하실까요? 가장 외로운 시간에 선생님 덕분에 삶을 다시 시작한 저는 언젠가 한 소녀를 사랑했습니다. 우리 사이를 못마땅하게 여긴 그녀의 부모님은 만남을 금지했습니다. 곧 유학을 떠나도록 절차를 밟던 중, 우울증을 심하게 앓는 그녀를 신경정신과 병동에 입원시켰습니다. 보고 싶어도 그녀를 찾을 수가 없었습니다. 그녀는 어느 햇빛 좋은 날 병원 옥상에서 떨어져 이승을 떠났습니다. 그녀를 따라 자살을 기도한 그때 그 시절, 제 상처를 어루만져 주신 분이 선생님이십니다. 선생님은 모르시겠지만 제가 병원에 다니지 않게 된 뒤에도 저는 늘 선생님을 생각했습니다. 제 상처의 아픔 위에 새살이 돋고 어느 순간 선생님은 제 마음속에 깊이 들어앉으셨습니다.

미안합니다. 당신을 사랑해서.

그리고 언제부턴가 선물은 다시 오지 않았다.

꿈속에서 UFO를 보았다. 그 안에 누나가 타고 있었다.

"빨리 타. 지구는 끝났어." 누나가 말했다.

누나와 나는 UFO를 타고 다른 별로 이사 간다.

그곳에 도착하니 모르는 사람이 보낸 선물이 미리 와있다.

프루스트의 『잃어버린 시간을 찾아서』다.

프루스트 의자

HWANG Julie

1.

아내는 집 안의 낡고 오래된 물건 중 그 아무것도 버리지 않았다. 게다가 세상의 쓰레기들을 매일 집으로 끌어들였다. 결혼 초엔 그냥 알뜰하고 검소한 성격이라고 좋게 생각하려 애썼다. 하지만 머지않아 집은 가득 차기 시작했고 아무리 말려도 아내는 매일 뭔가 새로운 물건을 주워 가지고 들어왔다. 헌 옷, 액세서리, 중고 레코드판, 헌책들, 헌 가구들, 이상하게도 나는 그녀가 가지고 들어오는 물건들에 넌덜머리를 내기는커녕, 슬며시 흥미를 느끼기 시작했다. 드디어 그런 그녀에게 익숙해지기 시작한 거다.

나는 소설가다. 프루스트를 존경하고 지겨워하고 혐오하고 사랑하는, 프루스트처럼 침대에서 일어나지 않고 하루 종일 글을 쓰고 밥을 먹고 차를 마시기도 하는 내게 아내는 딱 맞는 물건을 주워다 줬다. "딱 당신 의자야. 누가 이런 의자를 버리는지 이해가 안 가."

나는 그 의자를 보자마자 어디서 본 듯한 기분이 들었다. 문득 언젠가 이탈리아의 유명 디자이너이며 건축가이기도 한 '알레산드로 멘디니'의 전시에서 '프루스트 의자'라는 작품을 본 기억이 났다. 왜 그런 제목이 붙여졌는지 궁금했다. 그리고 그 의자가 꼭 갖고 싶었다.

언젠가 오래전 파리 여행 중 친구 따라 구경 간 앤티크 경매에서 진짜 '프루스트 의자'를 본적이 있다. 프루스트는 주로 침대에서 생활하고 글을 썼기 때문에 의자는 침대의 부속기관 같은 거라며, 침대에서 있던 시간을 빼고는 그 유명한 『잃어버린 시간을 찾아서』를 썼던 귀한 의자라고 했다. 그 의자가 사고 싶었으나 너무 비싸서 사지 못했다. 원목으로 만든 오래된 의자의 영상은 오래도록 잊히지 않았다.

아내가 주워 온 프루스트 의자는 진짜 '프루스트'가 사용했던 의자가 아니라, 디자이너 '멘디니'가 전통 바로크 양식의 의자에 새로운 패턴을 그려 넣어 만든 작품 '프루스트 의자'의 카피 같았다. 정보를 클릭하니 "더 이상 창조는 불가능하다."는 '멘디니'의 철학을 담은 작품으로 과거에 이미 존재했던 것을 변형하는 방식을 바탕으로 한다고 했다. 1978년에 시작된 작품 '프루스트 의자'는 갖가지 패턴으로 변형되어 전 세계에 팔려나갔다. 아내가 주워 온 의자는 오래전 전시에서 보았던 의자에 비해 디테일이 조악했다. 어쨌든 나는 그 의자가 맘에 들었고, 의자가 우리 집에 도착한 날부터 멍때림을 제대로 시작했다. 그건 거의 설렘의 느낌의 연장선 상에 있었다. 화려한 색감의 그 의자에 앉으면서부터 기분이 좋아졌다. 그래서 나는 침대 속에서 빨리 걸어 나와 그 의자에 앉고 싶어졌다. 의자는 내게 이런 기특한 생각을 하게 했다. 지금 이 순간의 일상을 기쁘고 고맙게 누리는 연습에 우리는 왜 늘 실패하는 것일까? 있을 때 잘하자. 나의 시간에게.

어릴 적 어머니를 따라 어느 화가의 집에 간 적이 있다. 화가의 집 문이 열리자마자 유화 기름 냄새가 훅 끼쳐왔고, 넓은 거실이 다 작업실이어서 소파를 제외하면 온통 그림들과 붓과 물감들의 향연이었다. 그녀는 뱀을 주로 그리고 있었다. 뱀들이 캔버스 속에서 춤을 추고 있고 실제 뱀 몇 마리가 유리병 안에 있었던 것도 같다. 그녀가 아버지의 연인이었다는 걸 나중에 알았다. 어머니는 나를 데리고 독한 말을 하려고 갔다가 화가 아줌마, 그 호칭은 전혀 어울리지 않았지만, 그녀의 기에 눌려 아무 말도 못하고 그냥 돌아왔다. 독한 말은커녕 존경과 칭찬의 말만 늘어놓았고 우리 아들이 장래 화가가 되고 싶어 한다는 얼토당토않은 말을 했다.

나는 그림이라면 정말 인연이 없었다. 아주 어린 시절엔 그림그리기를 좋아했던 것도 같다. 하지만 사물을 비슷하게 그려야 하는 나이에 이르러 나는 그림과 결별했다. 사물을 닮게 그리는 일은 마치 달에 가는 것처럼 먼일이었다. 닮게 그리려고 할수록 실물은 실물에서 멀어져 갔다. 하지만 지금 생각하니 사물을 닮게 그리는 일이야말로 사물로부터 멀어지는 일이 아니었을까? 어쨌든 어머니는 화가가 꿈인 그림 잘 그리는 아들 핑계를 대고 그 집에 들어섰고, 화가는 어머니가 자신과 아버지의 관계를 알고 있으리라는 걸 알았는지 몰랐는지 지금도 모르겠다. 화가는 냄새가 향긋한 모과차를 손수 끓여 내왔다. 나는 그 후 모과차를 좋아하게 되었다. 왜 생강차나 대추차가 아닌 모과차의 기억인가? 어머니와 화가가 이야기도 아닌 이야기를 나누는 중 나는 혼자 슬쩍 다른 방문을 열었다. 그 안에는 큰 책장들이 있었고 그중 한 책의 제목이 눈에 들어왔다. 『잃어버린 시간을 찾아서』, 어쩌면 제목이란 그 존재의 모든 것이다. 그 책의 이름이 어린 내 맘에 꽂혔고, 그 이미지가 너무 강렬해 이후 그 책을 읽을 필요조차 없었다. 그래서 내 잃어버린 시간은 책 속이 아닌 내 마음속으로 걸어 들어와 낯선 곳으로 여행 가버렸고, 다시는 돌아오지 않는 것이다.

어쨌든 화가는 내게 열심히 그리라는 격려의 말과 함께 뱀한 마리가 그려진 작은 판화 한 점을 돌돌 말아 내 손에 쥐어주었다. 선물로 받은 그 뱀 그림은 아직도 내 방 벽에 걸려있다.

언제부턴가 아내는 내가 자신을 뱀처럼 휘감아 질식시킬 것 같다는 이유로 방을 따로 쓰자 했다. 혼자 잠드는 일은 유년 시절의 달콤살벌한 고독을 일깨워 주었다. 아내가 주워 온 프루스트 의자가 내방에 자리를 잡았을 때, 나는 전시회에서 본 '멘디니'의 환상적인 의자가 떠올랐고, 내 방의 의자가 짝퉁이라도 좋았으며, 동시에 어린 시절 화가의 집 서재에서 얼핏 보았던 묘하게 생긴 의자가 바로 그 의자라는 기억을 끄집어냈다. 흐릿한 기억이지만 그 의자는 훗날 전시에서 본 디자이너 '멘디니'의 진품 '프루스트 의자'였을 거라는 생각을 지울 수 없다.

하긴 나중에 보니 아버지가 와인을 딸 때 쓰던 와인따개도 '멘디니'의 작품이었다. 아버지가 집을 떠난 후 어머니는 그 와인따개를 쓰레기통에 버려 버렸고, 나는 와인을 마실 때마다 어린 시절의 알록달록하고 환상적인 그 와인따개를 떠올렸다.

2.

금세 또 일주일이 지나갔다. 내 인생의 순간들이 파노라마처럼 스쳐 지나간다.

어린 날 소풍 길에 보았던 외로운 산딸기, 중2병의 선구자였던 내가 사랑한 수학 선생님, 이제 생각하면 그녀는 매사에 다른 아이들보다 좀 떨어지는 나를 늘 응원해 준 것 같다.

나는 늘 수학 시험지를 받으면 눈앞이 캄캄해졌다. 언젠가는 백지로 낸 시험지를 보고 선생님은 나를 따로 불러 말씀하셨다. "난 네가 장애가 아닌가 생각했는데 언젠가 네가 쓴 시가 교내 문예지에 실린 걸 보고 놀란 적이 있단다. 수학도 시야. 그렇게 생각하면 쉬워지지. 다른 아이들은 시가 더 어려울지도 모르지." 왜 선생님은 나처럼 수학 점수가 낮은 학생을 편애하셨을까? 수학이란 무엇인가? 살면서 계산을 잘하라고 배우는 것이다. 나는 늘 계산을 못했다. 어른이 되어서는 마음의 계산까지도 젬병이었다. "나는 네가 수학을 못해서 좋단다. 내가 뭐하나라도 가르칠 게 있잖니." 이런 논리를 지금은 조금쯤 알 것 같다.

내가 너를 지켜주고 싶은 마음, 좋은 방향으로 잘난 척하고 싶은 마음, 나를 알아주는 너를 사랑하는 마음, 서로를 알아주는 그런 사랑스러운 마음. 선생님은 어느 봄날 저녁 클래식 음악 연주회에 나를 데리고 갔다. 음악회가 진행되는 그 시간 동안 내가 음악을 제대로 들었는지 아닌지는 불분명하다. 선생님이 긴 머리를 간헐적으로 쓸어 올릴 때마다 장미향이 났다.

머릿속에서 계속 회오리가 일었고, 숨이 가빠져 내 숨소리가 선생님께 들릴까봐 한동안 숨을 참곤 했다. 음악회가 끝나고 선생님과 나는 생전 처음 들어가 보는 카페에서 맥주를 마셨다. "괜찮아. 마셔봐." 하면서 선생님은 거품이 이는 생맥주 두 잔을 시켜 한잔을 내 앞으로 내밀었다. 처음 마셔보는 맥주의 맛은 쓰디썼지만, 어른이 된 것 같은 우쭐한 기분이 들었다.

카페를 나와 좁은 골목길을 한참 걷는데, 우리 반 아이와 마주쳤다. 다음 날 아침 나는 당연히 소문의 주인공이 되었다. 소문의 주인공이 된다는 건 얼마나 외로운 일인가? 동시에 얼마나 가슴 벅찬 일인가? 설상가상으로 며칠 뒤 아버지가 집을 나가 여류화가와 함께 세상에서 사라져 버렸다. 어머니는 아마 달나라로 간 모양이라고 했다. 학교에 가면 아이들도 교사들도 나를 두고 자기들끼리 수군댔다. 아버지가 집을 나간 지 한 달 뒤쯤 경찰이 찾아와 아버지의 죽음을 알려주었다. 아버지와 여류화가는 안나푸르나 산행을 떠나 아버지는 실족사했고, 여류화가는 멀쩡히 돌아왔다. 아버지가 집을 나가기 전 어머니는 악을 쓰며 아버지에게 달려들었다. "도대체 그 여자가 당신한테 무슨 여우짓을 한 거예요?" 아버지는 조용히 낮은 목소리로 답했다. "미안해 여보. 요즘 집에 있으면 난 숨이 막혀 죽어버릴 것만 같아. 그 여자는 나를 쉬게 해."

쉰다는 게 무슨 뜻인지 나는 지금도 잘 모르겠다. 출생 이후 나는 한순간도 쉰 적이 없는 것 같다. 아니 늘 쉬기만 했는지도. 그즈음 아버지의 사업은 많이 어려워졌고, 매 순간 절벽에 서 있는 것처럼 위태롭게 보였다. 아버지가 돌아가신 뒤, 세월이 갈수록 무책임한 아버지 생각은 별로 나지 않았지만, 가끔 여류화가의 독특한 분위기와 아무것도 무서운 게 없는 것 같은 당당한 아우라가 떠오르곤 했다. 대학을 갓 졸업하고 부임한 수학 선생님은 나보다 열 살 정도 많았고, 마른 몸매에 어깨가 넓은 그녀와 함께 걸으면 보호받는 기분이 들었다. 어쩌면 그녀는 내 인생에 절대 잊을 수 없을 그 여류화가를 닮은 것 같다.

내 기억 속 여류화가의 이미지는 옛날 여배우 '그레타 가르보'의 흑백 사진처럼 가늘고 긴 눈썹에 마르고 길쭉한 얼굴, 그리고 어깨가 넓었다. 모과차의 향기와 장미향이 섞여 떠돌던 그 집의 냄새, 이후로도 나는 어깨가 넓은 여자를 보면 마음이 설렜다. 음악회의 밤 이후 수학 선생님은 내 시야에서 사라져 어디론가 숨어버렸다. 학교에 사표를 낸 날 저녁, 나를 데리고 음악회에 갔다 돌아오는 길의 카페에서 맥주를 권유했던 그녀를 다시는 볼 수 없었지만, 그날 이후 오랫동안 그녀의 이미지는 기억 속의 여류화가와 어릴 적 텔레비전에서 상영해 주던 주말의 명화 속 옛날 여배우 '그레타 가르보'와 세상의 당당한 여자들의 이미지가 뒤섞여 내 이상형의 전형으로 남았다. 그녀의 긴 머리카락에서 스며나던 장미향과 여류화가의 집에서 나던 모과차 향기가 섞인 냄새가 내 후각을 인지하는 세포 속에 저장되어, 어디선가 비슷한 향내가 나면 가슴이 두근거리곤 했다.

냄새란 얼마나 힘이 센가? 스쳐 지나가는 낯선 사람의 향수 냄새, 세상의 모든 꽃들의 냄새, 비 냄새, 술 냄새, 맛있는 냄새, 때로 우리는 입 냄새로 사람을 기억하기도 한다. 아무리 세월이 지나도 치명적인 입 냄새로 기억되는 누군가를 떠올리면,

혹시 그때 충치가 있었거나 몸의 내부에 문제가 있었을지도 모르는 일이다.

아내를 미팅에서 처음 만났을 때 나는 중학교 시절의 수학 선생님이 돌아온 것 같은 신기한 기분이 들었다. 마른 몸매에 넓은 어깨, 그리고 왠지 보호받는 기분이 들게 하는 편안함까지.

역시 수학을 전공한 그녀는 클래식 음악회에 가는 걸 좋아했다. 결혼을 한 뒤에도 우리는 한동안 클래식 음악회에 가곤 했다. 언제부턴가 음악회에 가지 않으면서부터 우리는 각방을 쓰기 시작했다. 그때부터 슬슬 아내가 세상의 모든 물건을 가지고 들어와 쌓아놓아도 나는 괜찮았다. 아내가 주워 온 짝퉁 프루스트 의자에 앉아 있으면 아이디어들이 마구 떠오르기 시작했고, 프루스트가 된 것 같은 기분이 들었다.

소설을 쓰는 일은 수를 놓는 일과 닮았다. 내게 좋은 소설은 촘촘히 놓아진 수를 천천히 감정이입을 하며 감상할 수 있는 시간의 집이다. 생각의 수를 놓는 일, 잘 짜인 그 섬세하고 정교한 문장들은 대부분의 독자들에겐 그저 쓱 훑어보는 아까운 글씨들일 뿐이지만.

어린 시절 나는 아이큐 테스트에서 80이 안 되는 점수가 나오기 일쑤였다. 아이큐 칠십에서 팔십오 사이를 요새는 '경계선 지능' 혹은 '느린 학습자'라 부른다, 나는 문자 그대로 '느린 학습자'였다. 지금도 그렇다, 그리고 나는 그 단어를 좋아한다. 뭐든지 느린 걸 좋아한다. 느리게, 느리게, 적당히 느리게.

아내는 물건을 주워 쌓아놓는 일에 주춤하다 싶더니 하루 종일 틀어박혀 책을 읽기 시작했다. 언젠가 텔레비전에서 책을 읽는 치매에 관해 본 생각이 났다. 설마 했지만 아무래도 아내의 책 읽기는 심상치 않았다. 그것도 요즘은 아무도 읽지 않는 고전을 주로 읽었다. 아내의 방은 헌책들로 가득 차기 시작했다. 스피노자의 '윤리학', 루소의 '인간 불평등기원론' 다윈의 '종의 기원', 괴테의 '파우스트', 제임스 조이스의 '율리시즈', G 초서의 '캔터베리 이야기' 등 어렵고 위대하고 긴 책만 읽던 아내는 드디어 프루스트의 『잃어버린 시간을 찾아서』의 첫 장을 펼쳤다. 어쩌면 하나도 이해하지 못하면서. 하긴 그저 잃어버린 시간에 관해 무엇을 이해한단 말인가? 밑도 끝도 없이 위대하고 두꺼운 책이라면 성경과 불경, 코란 등을 따라갈 수 없으리라. 아내는 식사 시간에 끊임없이 자신의 독서에 관해 이야기했다. 우리가 얼굴을 마주하는 유일한 시간이 식사 시간이기도 했다. 아내가 하루 종일 아무것도 하지 않고 책을 읽기 시작한 이후 우리의 식사는 대부분 배달 음식으로 이루어졌다. 때로 그녀가 말하는 내용은 읽은 책과 무관하기 일쑤였다. 뭔가가 잘못되기 시작한 게 틀림없었다.

1871년에 태어나 1922년에 세상을 떠난 프루스트가 1632년에 태어나 1677년에 세상을 떠난 스피노자보다 옛날에 태어난 사람이라고 우기는 식이었다. 어머니가 물려준 작은 상가 건물에서 나오는 월세와 약간의 인세, 아내의 절약으로 그동안 살아가는 데는 별문제 없었다. 먹는 걸 제외한 물건들은 사실 그녀가 어디선가 주워 오는 걸로 대부분 대체되었다.

넓지 않은 우리들의 공간은 낡은 책들로 가득 차 숨을 쉴 수 없는 상태가 되었고, 그녀는 끊임없이 읽고 또 읽어댔다. 가끔은 맞는 말도 하기는 했다.

"당신은 스피노자를 읽어야 해. 신이란 철학적 언어적으로만 존재할 뿐, '나는 야훼를 부정한다.' 말하며 유일신이란 따로 존재하지 않고 모든 사물에 신성이 깃들어 있다는 그의 범신론은 지금 이 시대 우리를 구해줄 유일한 종교적인 이론이야. '모든 고귀한 길은 어렵고도 드물다.', '윤리학'의 마지막 문장이지. 오랫동안 저주받고 배척당한 그의 이론은 당대에는 영향력을 갖지 못했지만 그의 사후 시간이 흐를수록 더 큰 영향력을 발휘하게 되었지. 그는 먹고 살기 위해 렌즈 수공사로 일했어. 어릴 적부터 빛에 심취한 그에게 빛은 소중한 장난감이었지. 그는 늘 렌즈를 깎으며 놀았대. 당신이 글을 쓰며 놀듯이. 몇 세기를 앞서간 스피노자는 어쩌면 외계인이었을지 몰라. 태평양 대왕 문어를 본 적 있어? 피가 푸른색이고, 심장이 세 개, 다리가 여덟 개인 거대 두족류 문어는 가장 영리한 생물이지. 문어는 일생 단 한 번의 짝짓기를 한대. 오직 후세를 남기기 위한 생물의 슬픈 역사야. 가장 외계인을 많이 닮은 문어처럼 스피노자도 외계인이었을지 몰라. 앞으로 백 년 이백 년 뒤의 인류가 외계인이듯이."

매일 반복되는 이렇게 두서없는 아내의 말은 드디어 나를 질리게 하고 말았다.

"당신도 외계인이 틀림없어. 당신이 외계인이 아니라면 이토록 나를 외롭게 할 수는 없을 테니까. 과거는 완벽한 허상이고 삶은 지금뿐이지. 도대체 이런 인생을 예측한 적 있어? 얼마 전부터 내게 미래가 보이기 시작해. 이게 미래인지 꿈인지 알 수 없지만, 너무 생생하게 느낌이 와. 당신은 다음 시대에 프루스트만큼이나 위대한 작가가 될 거야. 그러니까 지금 시대와 힘들게 경쟁할 필요 없어. 하지만 최고의 마술사가 되기 위해서는 마술을 믿어야만 해. 지금 시대가 당신을 알아보기엔 당신은 너무 앞서 있어. 그래봤자 언젠가 먼 미래에 지구가 사라진다는 건 펙트야. 다 사라지기 전에 우리 둘이 행복하면 그만인데, 여보 나는 사실 당신 옆에서 너무 불행해. 어떡하면 좋을까? 당신이 하루 종일 앉아서 무슨 소리인지도 모르는 글을 쓰는 '프루스트 의자' 나 좀 빌려줘 봐, 거기 앉으면 꿈속에서 본 바하마의 햇빛 아래 앉아 있는 기분이면 좋겠다.

우리 참 사랑했는데 우리 사이에 남은 건 '멘디니'가 만든 프루스트 의자, 그것도 짝퉁 의자 하나인 것 같아. 여보, 우리 여기서 그만하자."

내가 답한다.

"뭘? 우리가 뭘 했다고 뭘 그만둬?"

나는 아내가 주워 온 짝퉁 프루스트 의자를 그녀에게 주고, 집을 나왔다.

내 것이라고는 그 의자 하나밖에 없는 것 같았지만, 그조차 그녀가 주워다 준 것이었다.

집을 나와 무작정 걸었다.

길은 어디에고 이어져 있었다.

잃어버린 시간에게로.

저 언덕 위에 어릴 적 어머니와 함께 갔던

하얀 양옥집, 여류화가의 집, 닫힌 방문을 열고 들어서면

'멘디니'의 진짜 '프루스트 의자'가 놓여있는 게 보였다.

에필로그

나는 우리 아파트 13층에 사는 프루스트 씨를 기다리며 봄, 여름, 가을, 겨울을 보냈다.

언제나 자는 중이거나 산책 중이거나 여행 중인, 이름을 물으면 '프루스트'라고, 직업이 뭐냐면 그냥 시간을 연구하며 노는 사람이라고, 아무도 거들떠보지도 않는 농구공을 슬며시 건네면 정중하게 받으며 고맙다고 말하는 사람, 자기는 필요 없다며 묵직한 돼지저금통을 선물로 준 사람, 나는 그 저금통이 나를 지켜주는 신성한 돼지 동상이라고 생각하며 매일 아침을 맞는다. 나는 우리 아파트 지하 차고에서 우연히 만난 돼지들이 프루스트 씨를 만나러 왔대서 누구냐 물으니 '시간'이라 말했다는 사실과, 그들이 경비아저씨의 신고로 급습한 경찰들에게 사살되었다는 이야기를 전하지 못해 늘 안타까웠다. 그렇게 시간이 지나가고 한 백 년은 지난 듯한 한여름에 프루스트 씨네 집에 새로운 사람이 이사를 왔다. 그 집 도우미 아줌마에게 물으니 프루스트 씨의 조카라 했다. 얼굴이 새하얗고 팔다리가 긴 청년이 떡을 들고 우리 집 문을 두드렸을 때 나는 선하고 창백한 그 얼굴이 낯설지 않았다. 농구장에 같이 가자 해도 선선히 들어줄 것만 같았다.

그날부터 나는 만날 수도 볼 수도 없는, 꿈속에서도 나타나지 않는 프루스트 씨 대신 길쭉 하얀 청년을 기다렸다. 며칠 뒤 아침 농구장을 가려고 나서는데 길쭉 하얀 청년을 엘리베이터 안에서 만났다. "농구 좋아해요?" 엉뚱하게 내뱉는 내 질문에 그는 "영화 좋아하는데요." 하고 답했다. 나는 한 번도 극장에 가본 적이 없다. "극장은 텔레비전보다 좋은 건가요?" 했더니 그는 말을 더듬으며 "좋은지 안 좋은지 같이 가볼래요?" 했다.

그리하여 나는 길쭉 하얀 청년을 따라 세상에 태어나 처음으로 극장에 갔다. '마르셀 프루스트의 하루'라는 영화였다. 마르셀은 모르겠지만 프루스트는 낯익은 이름이다. 내용을 이해하기는 어려웠지만 시간에 관련된 영화라는 정도는 알 것 같았다. 하여튼 농구장보다 더 좋은 데가 있다는 걸 처음 알았다. 바로 극장이다. 게다가 매일 다른 영화를 상영해 주는 극장이 있는 것이다. 예술영화들이라 하는데, 예술은 뭐고 예술영화는 뭔지 모르겠지만 나는 풍경이 좋은 영화를 보는 걸 좋아한다. 여행을 못 해 본 탓인지 극장은 여행하는 곳이라는 생각이 들었다. 매일 다른 영화를 보는 일은 마치 매일 다른 나라를 여행하는 기분이다.

이후 나는 비가 오나 눈이 오나 농구장 대신 극장에 다니기 시작했다. 길쭉 하얀 청년과 나는 서로 다른 시간대에 영화를 보는 탓에 마주치는 일이 거의 없었다. 나는 아침에 그는 저녁에 극장에 가는 모양이었다. 엘리베이터에서 우연히 만나 극장에 같이 갔던 날, 내가 무슨 일을 하는 사람인지 물었더니 영화를 보는 사람이라고 했다. 영화를 보면서 프루스트 씨처럼 시간을 연구하는 모양이다. 내게 농구보다 더 큰 행복을 주는 게 영화라는 걸 알려 준 길쭉 하얀 청년을 고맙게 생각한다. 나는 거의 매일 혼자 극장에 간다. 아마 그도 그럴 것이다.

내가 영화를 고르는 기준은 제목이다. 내가 영화를 제대로 이해하는 것인지는 모른다, 어쩌면 남들이 이해하지 못하는 걸 내가 이해할지도 모른다. 내 맘대로 생각하고 해석하는 게 너무 재밌고 행복하다. 나는 '쉘부르의 우산', '로마의 휴일', '리스본 특급열차', '인도로 가는 길', '바그다드카페', '마션' 같은 제목의 영화를 좋아한다. 모르는 나라의 풍경들이 배경으로 나오는 영화들을 보면서 나는 저 먼 달나라에 가기도 한다. 영화를 보면서 살짝살짝 졸기도 하는 반수면 상태를 즐긴다. 영화라는 꿈과 시간이라는 꿈이 뒤섞여 낯설고 신기한 별로 가는 거다. 꾸벅꾸벅 졸다가 보면 영화가 끝이 나기도 한다. 그럴 때는 주제가 음악을 들으며 수많은 등장인물들의 이름이 외계인의 글씨처럼 빽빽이 나타나다가 드디어 암흑 속으로 사라지며 끝이 나는 장면을 즐긴다. 나 말고도 화면이 까맣게 사라질 때까지 객석에서 마지막을 지키는 사람들이 몇은 있다. 그중의 한 사람이 길쭉 하얀 청년일 것은 당연한 일이다.

나는 한 건물에 살면서도 자주 볼 수 없는 길쭉 하얀 청년의 안부가 늘 궁금하다. 어제는 영화가 시작되는 시간에 좀 늦게 도착해 캄캄한 극장 속을 불안한 마음으로 들어가 겨우 자리를 찾아 앉았다. 문득 길쭉 하얀 청년이 옆자리에 앉아있는 걸 알았다. 어둠 속에서 우리는 눈인사를 나눴다. 영화가 끝나고 어색한 기분으로 같이 걸어 나오는데 누군가 그에게 인사를 건넨다. "오랜만이네. 뱀파이어."

그때 프루스트 말고 외국 이름은 처음 들었다. 문득 '프루스트'와 '뱀파이어'가 모습만 다를 뿐 같은 사람인지도 모른다고 맘대로 생각한다.

그래도 상관없다고 생각한다.

돼지들이 전하라는 말을 '뱀파이어'에게 전해도 좋을 것 같다.

시간이 찾아왔었다고.

언젠가 먼 미래에

어쩌면 우리가 영원이라고 부를 만큼 긴 시간 뒤에

그러나 어김없이

태양도 지구도

막막한 어둠 속으로 사라진다고.

캄캄한 어둠 속으로 사라지는 극장의 마지막 화면처럼.

우리의 잃어버린 시간과

인류의 모든 흔적들도 함께.

『마이 러브 프루스트』 이해하기

하응백(문학평론가)

1.

이 글은 해설이다. 소설에 해설이 필요하지 않다는 생각을 평소에 가지고 있었다. 지금도 변함은 없다. 하지만 황주리의 연작소설 『마이 러브 프루스트』는 은유와 상징이 많아 상당히 시적으로 읽히고, 그런 이유로 인해 독자들이 헷갈려서, 이 소설이 가진 미덕을 모르고 지나갈 수도 있다는 생각이 들었다.

물론 이 소설을 읽고 충분히 즐거웠던 분들은 이 해설을 읽을 필요가 없다. 오히려 시간 낭비이기도 하니 이 지점에서 책을 덮기를 권유한다. 소설을 읽고 조금 헷갈리는 분이나 이게 뭐지 하고 당황하신 분들이라면 이 해설을 읽어도 좋다.

2.

『마이 러브 프루스트』에는 일곱 색 무지갯빛처럼 일곱 색의 사랑 이야기가 등장한다.

첫째 에피소드가 「카페 프루스트」다. 상투적으로 이 이야기를 재구성하면 스토리는 이렇게 된다.

화자는 '나'라는 남자로 화가 지망생이었다. 나는 미술학원에서 '여자'를 만났다. 여자는 음악대학에서 플루트를 전공하고, 그림을 배우러 왔다. 그녀에게 그림은 취미이자 도피처다. 나는 그녀를 사랑했다. 기습으로 첫 키스를 한 이후 그녀는 사라져버렸다. 상당한 시간이 지난 후 그녀는 뉴욕에서 프루스트의 『잃어버린 시간을 찾아서』 영문판을 선물로 보내왔다. 또 세월이 지났다. 나는 삼촌이 사고로 죽으면서 유산을 받아 먹고살 만해졌다. 그림을 그리고 '프루스트 카페'라는 카페도 차렸다. 나는 우연히 대기업의 크리스마스 파티에서 그녀를 해후했다. 그녀는 그 파티에서 우아하게 플루트를 연주했다. 알고 보니 그녀는 그 파티를 주최하는 대기업 회장의 숨겨진 정부였고, 그녀는 딸 하나를 낳은 후에 그 남자에게서 버려졌다. 그리고 암이 발병하여 혼자 쓸쓸히 투병하다가 죽었다. 나는 그녀의 장례식장에 가서 이십칠 세가 된 그녀 딸을 만나며 회한에 젖는다.

　둘째 에피소드는 「마담 프루스트」다.

　화자는 '나'라는 여자로 번역가이다. 그녀는 자살한 아버지의 유산을 물려받아 살아가는 외로운 여자다. 어느 날 영화관에 가서 영화를 보다가 너무 울었다. 옆에 앉은 프랑스인 남자가 그녀에게 손수건을 준다. 그 남자는 화가였다. 우연히 다시 만난 그들은 결혼한다. 여자는 결혼 후 남자의 그림 밑칠을 하며 조수 역할을 하고 커피를 마시고 음악을 들으면서 소소한 행복에 중독되어 가는 중이다. 그러던 평범한 날, 남자가 사라졌다. 열흘 후 남자는 유람선에서 쓰러진 채로 발견되었다. 기억상실증에 걸린 채로 남편은 집으로 돌아왔다. 마담 프루스트는 남편 대신 캔버스에 그림을 그린다. 아내가 그린 그림에 남편은 즐거운 듯이 사인을 한다. 그렇게 여자는 화가가 되어 남편 이름으로 전시회를 준비한다. 남편은 아내가 펼쳐 준 『잃어버린 시간을 찾아서』를 읽기 시작한다.

셋째 에피소드는 「프루스트 책방」이다. 화자는 서촌에서 아버지가 물려준 '시간 서점'이라는 책방을 운영하는 남자 시인이다. 이 남자는 기질적으로 스스로를 유폐시키는 셀프 자가격리 스타일이다. 격리란 뜻의 영어단어 '쿼런틴'을 자발적으로 받아들이고자 하는 남자다. '쿼런틴(quarantine)'이란 14세기 이탈리아에서 흑사병이 유행할 때 선박을 40일간 격리하는 데서 비롯한 영어단어다. 서점 손님 중에 이 남자를 좋아하는 여성이 있어 둘은 결혼한다. 결혼 후에도 둘은 서로의 쿼런틴을 침해하지 않는다. 더군다나 이들의 아이가 다섯 살 때 사고로 죽은 후 이들 부부는 자기만의 세상에 격리되어 살고 있다.

이 남자의 첫사랑은 피겨선수였다. 그는 남자 피겨선수가 되고 싶었지만 부모의 반대로 실현되지 못했고, 첫사랑 피겨선수는 사고로 열여덟에 죽었다. 남자는 베를린의 야외 스케이트장에서 첫사랑 피겨선수가 환생한 듯이 닮은 '이다'를 만났다. 3년 후 그는 한국에 와서 우연히 책방을 찾은 이다와 재회하여 사랑에 빠져든다. 이 무렵 그는 이렇게 중얼거린다.

"신이시여. 오늘도 별처럼 빛나는 불륜을 꿈꾸며, 지구 호텔의 침대에서 편안히 머물렀습니다. 아멘."

나중에 알고 보니 남편이 죽자 형편이 어려워진 어머니가 쌍둥이 중 동생인 이다를 입양 보낸 거였다. 그 이다가 독일을 거쳐 한국 서촌에 와서 '잃어버린 시간'을 찾고 있었던 것. 이다와 시인 남자는 어떻게 될까?

　넷째 에피소드는 「프루스트 헤어」다. 이 이야기는 약간 막장 드라마다. 화자는 미용사 혹은 헤어 디자이너다. 전에 다니던 사장 언니 미용사의 애인이었던 남자 미용사와 눈이 맞아 결혼해 미용실을 차렸다. 그 사장 언니는 애인을 뺏기고 난 뒤, 더 좋은 돈 많은 사람을 만나 결혼했다. 돈을 물 쓰듯 하며 명품 쇼핑을 하며 살았다. 그러던 어느 날 화자의 남편이 사라졌다. 옛날 애인인 사장 언니와 사랑의 도피행각을 떠난 것. 아니 어쩌면 동반 자살을 꿈꾸며 죽으러 갔는지도 모른다.

　다섯째 에피소드 「프루스트 프루스트」는 누나가 셋 있는 막내 남자가 화자다. 이 남자는 성 소수자. 동성애자다. 남자가 의지하던 누나는 정신과 의사였다. 나의 모든 것을 이해해주던 누나는 교통사고를 내고 괴로워하다가 사고로 죽었다. 나는 어

릴 적 동성 친구와 사귀었다. 반 친구들의 성적 학대를 당한 그
는 목매달아 자살했다. 죽기 전에 그는 나에게 편지를 보냈다.
"우리는 아무 죄가 없어. 하지만 나는 이 폭력의 시간을 참아낼
기운이 없다. 친구여 내 몫까지 살아라. 그리고 사랑했다." 성
인이 되어서 그는 한 유부남을 동성애자 클럽에서 만났다. 그
리고는 헤어졌다. 남자와 헤어지고 난 뒤 그는 늘 죽음을 생각
한다. 그러면서 힘겹게 홀로서기를 계속하고 있다.

"계절은 빠르게 지나가고 우리는 늙어간다. 지구여행 좀 하
다 가는 거지. 다 갖기엔 다 하기엔 인생은 너무 짧다. 내가 사
랑하는 영원히 늙지 않을 윤동주와 안네 프랑크를 생각하면 그
것도 과한 욕심이다."

늙어가면서 죽음을 극복하는 게 아니라 무화시켜 가는 셈이다.

여섯째 에피소드 「프루스트 의자」는 소설가 남자가 화자다.
어릴 적 아버지는 뱀을 그리는 여자와 바람이 나서 안나푸르나
산행을 하러 갔다가 실족사했다. 중학교 다닐 때 남자는 수학
선생님을 사랑했고, 둘이 데이트를 하다가 학교에 소문이 나자
그녀는 사라져버렸다. 어른이 된 남자는 미팅에서 만난 수학을

전공한 여자와 결혼했지만, 현실적으로 그들은 소통하지 않는 외로운 부부다. 여자는 말한다. "당신도 외계인이 틀림없어. 당신이 외계인이 아니라면 이토록 나를 외롭게 할 수는 없을 테니까." 남자는 아버지의 정부(情婦)를 닮은 여자, 첫사랑인 수학 선생님을 닮은 여자를 찾다가 내면적으로는 전혀 다른 여자를 만나 서로 외롭게 살고 있다. 여자는 말한다. "여보, 우리 여기서 그만하자."

일곱째 에피소드는 이 소설의 프롤로그와 에필로그에 해당한다. 여기서 화자는 지적장애아인 여자 '나'이다. 이 여자는 농구를 좋아한다. 농구 구경도 좋아하고 농구공 수집도 좋아한다. '나'에게 살갑게 굴던 8층 여자는 '나'를 이용해 돈을 떼먹고 도망가서 '나'에게 상처를 주었다. '나'가 또 좋아하게 된 사람이 13층에 사는 '프루스트씨'다. '나'는 프루스트씨에게 농구공을 주었고, 프루스트씨는 나에게 돼지 저금통을 주었다. 그들의 관계는 순수하다. 하지만 프루스트씨는 어디론가 사라져 만날 수가 없다. '나'는 그를 하염없이 기다리다가 그의 조카를 만나 좋아하게 된다. 조카는 '나'와 함께 영화관에 갔고, 그날 이후로 '나'는 영화를 좋아해 혼자서도 영화를 보러 다닌다. 소설은 이 지점에서 마지막을 알린다. "캄캄한 어둠 속으로 사라지는 극장의 마지막 화면처럼."

3.

무지개 일곱 빛과도 같은 수의 일곱 에피소드는 황주리가 주위에서 보고 듣고 혹은 경험한 사랑의 일곱 스펙트럼이다. 때로는 통속적이고 때로는 진지한 이 사랑의 에피소드는 우리 주위에서 흔히 볼 수 있는 사랑 이야기다. 하지만 황주리는 이 사랑에 자신의 독특한 색을 입힌다. 이 색이 매우 환상적이다. 유러피안 환타지라고 말할 정도의 이 독특함은 소설을 가득 채우고 있다. 이 독특함은 기존 한국소설에서는 매우 낯선 풍경으로 황주리가 유명 화가라는 점만으로는 설명이 가능하지 않은 부분이기도 하다.

4.

어느 연예인이 그림을 그리니 너도나도 그림을 그려 요즘 그림 그리기가 유행하지만, 반대로 황주리의 소설은 너도나도 소설쓰기에 나서서 소설 한 편 내는 국민작가 시대의 그런 차원이 아니라는 점을 유념해야 한다. 굳이 말하자면 황주리의 소설은 소설가를 업으로 살아가는 여러 일급 소설가의 소설에 비해서도 전혀 손색없다. 소설의 색다름으로 인해 오히려 더 소설다운 소설이 되어 독자들에게 다가선다.

5.

황주리 소설에는 황주리 어록이라 해도 좋을 만큼의 매력적인 글귀가 도처에 번쩍번쩍거린다.

*"아빠가 누구야?" 그녀는 희미한 미소를 띠고 내게 되물었다. "그게 그렇게 중요해?"

*산다는 것은 거절당하는 일을 연습하는 것이다.

*내게 예술가가 되는 길은 독립운동을 하는 것과 비슷하다. 성공할 것인가? 그 질문에 회의적이라 해도 가던 길을 되돌아 갈 수는 없다. 이게 옳은 길인지는 아무도 모른다.

*쉬는 날인 매주 월요일은 밤에 자는 시간이 아까워 꼬박 새워 그림을 그리곤 했다. 하지만 다음 날 잃어버린 햇빛은 또 어떡하란 말인가? 우리는 다 가질 수는 없는 법일까? 낮과 밤을, 자유와 안정을.

*스마트폰의 출현으로 세상에는 심심한 사람도 외로운 사람도 없어졌다……도대체 누구에게나 세상에서 가장 소중한 물건이 스마트폰이 되리라는 상상을 해보기나 했을까? 우주에 가봤자 아무것도 없고, 스마트폰이 목성이며 수성이며 금성이고 달이며 우리 의식과 무의식의 바다라는 걸. 스마트폰 안에 한 사람의 잃어버린 시간들이 고스란히 담겨있는 것이다.

*우리는 모두 삶이라는 전쟁터에 참가한 전우들이다. 누가 먼저 죽는지는 정말 간발의 차이다.

*신은 없다. 만일 있다고 치더라도 자식을 불타는 전쟁터에 내다 버린 부모를 닮은, 그런 신은 없어도 무방하다.

*이 고단한 삶을 지탱하는 건 열정이다. 살려는, 이루려는, 되찾으려는. 우리는 잃어버린 시간을 되찾을 수 있을까? 하지만 잃어버린 시간은 늘 우리 안에 있다. 그러니까 잃어버린 시간은 내 안의 보물섬이다.

*모든 살아있는 존재는 상처받기 마련이다. "상처받는다. 고로 존재한다. 상처를 준다. 고로 존재한다."

*오직 그 무너짐의 가파른 각도와 직선과 곡선과 모서리들의 날카로운 기억들만 남아있다. 도대체 우리는 사랑이라는 이름으로 무엇을 했단 말인가?

*닮게 그리려고 할수록 실물은 실물에서 멀어져 갔다. 하지만 지금 생각하니 사물을 닮게 그리는 일이야말로 사물로부터 멀어지는 일이 아니었을까?

*당신도 외계인이 틀림없어. 당신이 외계인이 아니라면 이토록 나를 외롭게 할 수는 없을 테니까.

6.

황주리의 연작소설 주인공 대부분은 유산 상속자이다. 이게 한국 소설에서는 처음 나타나는 매우 독특한 황주리만의 특징이다. 이 상속이 매우 특이한 심리적 기제를 동반한 상속이라는 점에서 황주리 소설의 한 특질을 규명할 수 있다. 유산의 상속이란 속물적으로 본다면 금전을 상속받는 것이니, 어찌 기쁘지 아니하랴. 하지만 반대로 상속은 부재, 상실, 아픔을 동반한다. 삼촌 부부가 사고로 죽어 유산을 받거나, 아버지 혹은 누나가 자살하고 상속을 받으니 상속받는 만큼 그들의 잃어버린 시간을 되새김질해야 한다.

황주리 연작이 사랑의 에피소드를 섬세하게 붓질하되, 그 기저에 깊숙하게 도사리고 있는 상실과 죽음이, 상속이라는 사회적·경제적 기제와 결합하는 현상은 앞으로의 연구 대상이다. 새로운 경향의 출발일 수도 있다.

7.

황주리는 이 소설 속에서 시간의 집을 지었다. 아득한 과거의 기억을 붙잡아 활자로 정착시키는 일, 그게 프루스트가 하고자 했던 일이고 황주리가 하고 싶은 일이다. 그건 잃어버린 시간을 되찾는 일이다.

아래와 같은 황주리의 소설 문장을 주목하기 바란다.

"프루스트의 소설 『잃어버린 시간을 찾아서』에서 홍차에 적신 과자 마들렌의 냄새를 맡고 어린 시절을 회상하는 장면은 내게 마치 나 자신의 일처럼 각인되었다. 과거에 맡았던 특정한 냄새에 자극받아 무언가를 기억하는 일을 '프루스트 현상'이라 부른다. 내게 프루스트 현상은 일종의 기억술, 혹은 살아 있다는 걸 문득 깨닫게 하는 삶의 연금술이었다."(p.49)

"소설을 쓰는 일은 수를 놓는 일과 닮았다. 내게 좋은 소설은 촘촘히 놓아진 수를 천천히 감정이입을 하며 감상할 수 있는 시간의 집이다."(p.186)

황주리에게 중요한 건 스토리의 숨 가쁜 전개나 소설 주인공의 눈부신 활약이 아니다. 그런 건 덜 우아한 작가들이 할 일이다. 문학사적으로 말하자면 황주리의 소설은 리얼리즘의 독법으로 읽어서는 안 된다. 문장 하나, 문단 하나를 두고 홍차를 마시며 홍차에 적신 마들렌을 음미하듯이 천천히 즐겨야 하는 소설이다. 급하게 해야 할 것은 고급한 예술이 아니다. 감성적인 예술가는 시간에 쫓기지 않으면서 사물의 본질을 탐구한다. 그 대표적인 작가가 바로 마르셀 프루스트다. 그는 섬세한 감각으로 상실의 아픔 덩어리에 기억의 촉수를 갖다 대어 세상을 자신만의 시간 질서 속에 편입시킨다. 그게 프루스트가 소설을 쓴 이유다. 『마이 러브 프루스트』를 쓴 황주리도 그렇다.